我當
備胎女友
也沒關係。
4
volume
four
Kadokawa Fantastic Novels

第28話　桐島事變

「呃，你腦袋不要緊吧？」

濱波說道。

這是在單人病房發生的事。

「沒事。」

我稍微撐起身子這麼回答。

「只是輕微割傷而已。」

因為有頭髮沒辦法貼ＯＫ繃，我的頭上纏著繃帶。

「不，我不是指這個。雖然的確是有點擔心啦。」

「會擔心你的腦袋是想問——」濱波接著說道：

「在東京車站跟兩個女孩子進入修羅場！甚至還引發了流血事件！你的腦袋沒問題嗎？——的意思啦！」

「別突然那麼激動啦～」

濱波手拿花束穿著制服，看來似乎是放學之後直接就來探望我了。

「難不成在學校傳開了？」

「這個倒是沒問題，我只是聽說桐島學長住院了——」
她似乎為了瞭解情況前往了二年級教室。
「可是，早坂學姊只是面帶苦笑，橘學姊也一副很尷尬似的別開視線……」
據說當濱波在走廊上煩惱的時候，酒井向她搭了話。
「她只告訴我學長進了這間醫院，以及因為修羅場而受傷的事。」
酒井是早坂同學的朋友，所以知道事情的原委。
「到底發生了什麼事啊？」
濱波把花插進花瓶，坐到病床旁的椅子上。
「聖誕節的晚上，早坂同學對我說，希望我能在她們之間做出選擇。」
「我覺得這樣非常好！」
濱波迫不及待地說著。
「這就是戀愛恢復正常的過程！」
「還說等我跟橘同學旅行結束後再做出答覆就行了。」
「嗯～大概是因為自己得到了聖誕節，為了公平才這麼說的吧。這麼做既是尊重橘學姊，也跟西部片有點像呢。在公平的條件下決鬥吧！——之類的感覺。」
「然後我跟橘同學一起去旅行，直接就做到了最後。」
「嗯？啊？」
「就這麼把那件事做到了最後一步。」

「咦、啊，那個……雖然有很多話想說，不過還是先請你繼續說下去吧。」

「在那之後，當我們回到東京站時，早坂同學在月台等著我們。」

「嗚哇……」

「她看到我們之後，不知為何立刻就知道我們做了什麼——」

「肯定是因為橘學姊露出了陶醉的表情啦！這個感情直接的女孩！」

「然後早坂同學就說出我不必再做選擇這種話。」

「理由是為什麼？」

「她們兩個似乎約好了，先偷跑的人就必須跟我分手。」

「又是個從一開始就遵守不了的約定！」

「接著早坂同學就哭著喊出：『我們約好了，分手吧！』但橘同學不肯放開我的手。」

「啊，好。我明白了，謝謝你。」

濱波說完後揹起書包，匆忙地站起身直接朝出口走去。我抓住她的袖子制止了她。

「喂，妳要上哪去啊，濱波。」

「你不懂嗎？我是要逃跑啊！我不敢繼續聽下去了！這不是一直在往危險的方向前進嗎？是故意的嗎？你是故意的對吧！」

濱波說自己不擅長應付可怕的東西打算離開房間，於是我從床上抓住了她。

「等一下啦，濱波～！」

「放開我～！」

「我也快受不了了啦！」

「說得也是呢！」

「請妳聽我說吧。我不知道該怎麼做才好，總之想找個人訴苦。」

「你這個任性的懺悔混蛋！」

濱波這麼說並甩開了我，隨後嘆了口氣說著：「真拿你沒辦法。」再次坐回椅子上。

「謝謝妳。濱波雖然嘴上不停抱怨卻很溫柔，真是幫大忙了。」

「我的心中一直有聲音要我開口吐槽就是了。不過在那之前——」

她一邊這麼說，一邊突然掀開了蓋在我身上的棉被。

「喂，妳在做什麼。」

「沒事，只是姑且確認一下有沒有其他人在。」

「不不，妳想太多了吧。我不可能一邊和濱波聊天，一邊在床上跟早坂同學或橘同學擁抱在一起吧？」

「咦？很有可能喔？看起來就會這麼做喔？你們幾個比自己想像得更加失控喔？」

「算了，就先聽你說吧。」濱波說完擺出了聆聽的姿勢。

「呃，我剛剛說到哪裡？」

「說到早坂學姊說『分手吧！』的地方。」

「原來如此，那麼……」

我輕咳了幾聲，繼續說了下去。

「那天發生的事，我將其命名為『桐島事變』──」

「少廢話！快點說下去！」

◇

雖然京都下了雪，但東京車站只有下雨。

充滿傍晚喧囂和雨聲的月台上，迴盪著早坂同學的話語聲。

「現在，立刻分手吧！」

月台上的許多人都聽見了這句話。可是，被這麼說的當事人橘同學只是更用力地挽住我的手臂。很尷尬似的別開視線，將頭抵在我胸前。

早坂同學用帶有哭腔的聲音說著：

「為什麼？明明約好了，我們不是約好了嗎？」

橘同學一語不發地保持沉默。但由於早坂同學一直等著她說下去，最後橘同學用幾乎聽不見的聲音開了口：

「…………對不起。」

這就是橘光里的回答。

「我不是在責備橘同學。畢竟我也覺得你們去旅行就會那麼做，而我認為即使如此也沒關係。」

早坂同學雙手緊緊握著拳頭，像是在忍耐什麼似的。

「不必道歉喔。」

她的聲音正在顫抖著。

「只要能遵守約定，遵守規則就夠了。」

橘同學更加緊密地貼在我身上，連腳尖都貼了上來。

「吶，為什麼？為什麼不說話呢？」

早坂同學戰戰兢兢地伸手抓住橘同學外套的袖子拉住了她。

「為什麼？吶，為什麼呢？」

橘同學一動也不動。

「為什麼？為什麼不肯離開桐島同學身邊呢？橘同學必須離開桐島同學身邊才行喔？」

「…………對不起。」

「不用道歉，請好好遵守約定，拜託妳一定要遵守約定啦。」

早坂同學的聲音混雜著嗚咽。

橘同學擠出聲音似的又說了一次「對不起」。

「我無法遵守約定。」

「為什麼？這是我們一起決定的事吧？為什麼不能遵守呢？」

「……因為已經做了。」

「那、那不能當作理由。」

「……可是，就是做了。做了之後，就沒辦法放手了。我已經只能跟司郎在一起，只能想著司郎了。也不能回到共享關係。哪怕是一根手指，我也不希望任何女孩觸碰司郎。」

「我就說吧──」

豆大的淚珠從早坂同學的眼眶滴落下來。

「就是會變成這樣我們才禁止偷跑，才會一起立下約定的嘛。可是、明明是這樣的說。」

早坂同學的表情已經變得一塌糊塗。

「就算妳說做了我也不明白啊。因為我沒有做過，一點都不了解嘛。」

她再次拉住了橘同學的袖子。

「離開他，從桐島同學身邊離開吧。」

「不要，我絕對不要。」

橘同學緊緊地抱著我，兩人的情緒愈來愈激動。

「橘同學大笨蛋～！」

「早坂同學這個大蠢貨！」

「媽媽說過，不遵守約定是不對的！」

「我媽媽沒說過那種話！」

「怎麼可能沒說過，一般都會講才對，在幼稚園就學過了！」

「雖然可能說過，但我早就忘記了。而且——」

在兩人爭論的時候，橘同學說出了那句話。

「我跟司郎都是『彼此的第一次』。既然這樣，規則和約定之類的東西就不重要了。畢竟都把最重要的東西獻給對方了嘛！」

彼此的第一次。

已經無法動搖，無法挽回的關係。

聽見這句話，早坂同學終於像個孩子般大聲哭了出來。並且一邊抽泣，一邊斷斷續續地說著。

「桐島同學啊、是、怎、怎、嗯，桐、桐島同學是怎麼、想的？」

「我——」

「規則必須遵守，約定就應該遵守才行吧？」

早坂同學求助地看著我，另一方面，橘同學也用惹人憐愛的表情抬頭盯著我看。

我很清楚她們希望我說什麼，但是兩人的想法有決定性的差異。因此我什麼話都說不出來，忍不住說出老套的台詞。

「總之先冷靜下來，找個地方聊聊吧。」

新幹線抵達後已經過了一段時間，月台上人煙稀少。話雖如此，還是多少有一些人在。當然，有些人在路過時也會看著我們。

但是，我說的話好像起了反作用。

「現在別講那種話啦……」

早坂同學眼神陰沉地說著。

「為什麼要在意別人的目光呢？我有那麼悲慘嗎？」

「不，我不是這個意思——」

早坂同學並不悲慘。

我們平時總是留意著舉止必須成熟、以及他人眼中的形象等事情，認為直接表達感情是幼稚的行為，刻意不那麼做地過著生活。最終我們學會了挖苦別人，變得會假裝冷靜，以及裝模作樣。並逐漸忘記了自己的真心，以及最初的衝動。

但是現在早坂同學和橘同學正坦率地互相表露著自己真正的感情，進行著堪稱真正對話的交流。這種尖銳情感的衝突十分鮮明，甚至有種美感。

而我卻基於自己的慣性思維，在意著周遭人的目光。

實在是非常難堪。

「桐島同學老是在意這種根本不重要的事情。不如說我正在跟桐島同學說話，卻得不到回應才比較悲慘吧……」

我雖然想道歉，但早坂同學先一步說了句「算了」。

「太過分……太殘酷了……像這種事……實在太過分了……」

早坂同學轉過身去。

「就讓他把我買下來吧。」

「咦？」

「就讓打工時給我手機號碼的大叔，把我買下來吧。」

「咦、等等，早坂同學！」

「畢竟，像我這種人已經沒有其他用途，只剩下賣給願意買我的人的價值了。桐島同學既不願意注視我，也不肯聽我說話……嗚、嗚嗚……」

早坂同學大聲地哭了出來，直接跑下月台的樓梯。她一邊哭一邊操作手機，說著「店長，我今晚會去上班」之類的話。

「慢著，早坂同學！」

「司郎！」

橘同學抓住了打算去追早坂同學的我的手臂。

「……不、不要去，拜託你。」

她低著頭，用有些尷尬的語氣說著。

「我不希望司郎去早坂同學那裡，想要你待在我身邊。」

「可是，如果早坂同學因為自暴自棄發生什麼事的話，橘同學也會很難受吧？」

「話是這麼說沒錯……」

「一起去就好了。」

「嗯……」

我拖著抱住我右手的橘同學走下樓梯，用左手抓住早坂同學的手。

「放開我啦～！」

早坂同學使性子地說著。發現我追過來之後，她雖然噘著嘴，仍一瞬間露出了開心的表情。但見到了我另一邊的手，她再次「哇～」的一聲哭了起來。

「為什麼要把橘同學帶過來啊～！」

「不，那個……該說是想三人一起商量，還是怎麼說呢……」

「沒什麼好商量的，因為規則已經決定好了嘛！」

「司郎，稍微讓開一下。」

橘同學板著臉和早坂同學對峙著。

「橘同學幹嘛跟著來啊？」

「當然會跟來啊。讓你們兩個獨處，誰知道妳會做什麼事。」

「做了什麼的是橘同學吧！」

早坂同學挺起胸膛，態度高高在上地推擠著橘同學。

咦？現在要開始怪獸大戰爭了嗎？

當我想著這種事的時候，早坂同學情緒化地說道：

「橘同學妳這個……悶、悶騷的色女！」

「色、色女！」

橘同學滿臉通紅，露出感到意外的表情摀著嘴巴往後仰。

「畢竟事實就是這樣嘛！若無其事地就在旅行中偷跑了！」

「那、那是受到了早坂同學的刺激啊！妳老是一直在誘惑司郎，靠著那、那個——」

橘同學也挺起胸膛，將早坂同學推了回去。

「用妳那個……超級下流的身體！」

「超、超、超、超級下流！我生氣了！」

早坂同學和橘同學你一言我一語地吵了起來。

兩人爭執的地點在月台樓梯的中間，我為了制止朝兩人中間踏出步伐——

然後——

絆到了自己的腳，從二十七階樓梯上摔了下來。

◇

「那、那、那、那不就是你自己跌倒流血而已嗎～！」

濱波的聲音響徹整間病房。

「不准再用『桐島事變』這種誇張的稱呼了～～！」

「真嚴格呢。」

「吐槽都快吐不完了！」

濱波嘆了口氣，重新坐回椅子上這麼說著。

「所以，你身體不要緊吧？」

「頭上的傷沒什麼大礙，會住院是因為腦震盪。」

因為從二十七階樓梯上跌倒，為了以防萬一還是進行檢查加以觀察比較好，所以才會住院。

橘同學的母親玲女士在了解情況後，支付了醫療費。

「所以才會住在這種豪華的個人病房啊。」

「其實住在多人病房也無所謂就是了。」

當我們聊到這裡，濱波突然沉默了下來。

她露出一副難以言喻的表情，盯著通往走廊的大門看。

「怎麼了？」

「濱波雷達有了反應。」

「那是什麼？」

「能偵測麻煩女孩的偵測器。」

濱波這麼說著，抓起自己的頭髮。

「是在跟桐島學長你們扯上關係之後學會的。」

走廊上傳來了樂福鞋和油氈地板碰撞的聲音。

「唔唔，可愛指數停止計算！但是，麻煩指數卻無限大！這聲音恐怕是早坂學姊或橘學姊其中之一！」

「就算被罵我也不管喔。」

病房的門打開了。

但是，出現的既不是早坂同學也不是橘同學。

而是個短髮，有著凜然氣質的女孩子。身上穿著我完全沒見過的制服。

見我狐疑地偏著頭，女孩感到尷尬似的別開了視線。

「嗯～？」

濱波瞇著眼睛觀察著女孩子。

「長相清秀、像貓一樣的眼神，雖然外表不太一樣，但總覺得很像某個人……右眼下方有顆淚痣，如果是左眼的話……」

此時女孩子突然低下頭去。

「很、很抱歉突然來訪。」

或許是很緊張吧。她一邊這麼說，一邊用手指玩弄著自己的短髮。

這個動作似曾相似。

「好、好久不見了……我是橘美由紀。」

「啊！」

她是橘同學就讀國三的妹妹。是橘同學帶去幫柳學長的室內足球湊人數，獨自一人踢著球的女孩子。

「抱歉，我沒立刻看出來。」

「不會，因為我剪頭髮了。」

據說她小時候一直都是這種風格。

「當時我剛退出田徑社，頭髮稍微留長了點。但該說是搞不清楚自己的風格嗎，有種跟姊姊太像的感覺……」

小美由紀短髮的模樣很有活力、充滿男孩子氣，給人一種朝氣蓬勃的年輕女孩印象。

「總之，先坐下來吧？」

「不，沒關係的。因為那個……我今天只是來道歉的……」

「道歉？」

「聖誕節的那件事。」

「啊。」

那天我和濱波一起去了飯店的宴會會場，打算將聖誕禮物交給橘同學。之後發生了許多事，當我準備將禮物留在會場離開時，小美由紀將禮物扔進了垃圾桶。

她似乎一直對這件事感到很抱歉，因此在從玲女士口中得知我受傷之後，便來探病順便道歉。

「不用在意啦，畢竟妳最後還是好好把禮物交給姊姊了吧？」

聖誕節隔天，橘同學緊緊地繫著我送她的禮物圍巾。

「但我依然覺得自己做了很失禮的事……因為我不太懂戀愛，才擅自用姊姊已經有柳學長的事來發脾氣。但是姊姊說自己喜歡的人是桐島學長，感覺就像自己做了奇怪的事一樣……」

小美由紀低著頭這麼說著。

「更何況我還說了自己討厭桐島學長……」

「我覺得這樣很好喔！」

濱波插嘴說道。

「會討厭把姊姊變成雙馬尾小學生，做出下流事情的男人是很正常的！我非常支持妳！」

不，那硬要說是橘同學主動提出的。我雖然想這麼解釋，但畢竟她也有身為姊姊的威嚴，因此我什麼都沒說。

「無論如何，實在很抱歉。」

小美由紀低下頭去。我想她真的是個非常老實，認真的女孩子。

「沒關係啦，我真的不在意。」

「是這樣嗎？」小美由紀這麼說著抬起頭來。

「跟姊姊說的一樣，桐島學長是個心胸廣闊的人呢。」

「橘同學說過那種話嗎？」

「是的。是我們在房間聊天的時候說的。當時姊姊很害羞似的用枕頭摀著臉說『因為司郎既溫柔又帥氣，是我初戀的王子殿下』。」

別對家人說出這麼誇張的話啦。

「啊、對了，請收下這個。是探病的伴手禮。」

小美由紀翻找著書包，從裡面拿出了某種東西。

是包五十日圓左右的巧克力棒。

見到我和濱波都盯著那包巧克力棒，小美由紀頓時變得滿臉通紅。

「我、我也知道像這種時候帶花束，或是更像樣的點心來比較好！可是、因為那個……零用錢馬上就用完了……」

她低著頭，用幾乎聽不見的聲音說著。雖然看似很穩重，但其實有點脫線。

某方面而言跟橘同學有點像，或許是血統的緣故吧。

「謝謝妳，我正好想吃點甜食。」

我這麼說著，打算接過巧克力棒。

但是，小美由紀沒有放開手上那華麗的點心包裝袋。

「小美由紀？」

「桐島學長是個男人呢。」

「咦？」

以巧克力棒作為媒介，我跟小美由紀碰到了彼此的指尖。但她對此毫不在意，只是一味地注視著我的手。

「好大喔……」

「啊，嗯。」

「血管浮現出來，感覺很結實，跟我的手完全不同……」

「呃……」

「桐島學長，是個成熟的男人了啊……」

「小美由紀，聽得見我說話嗎？」

「咦？啊咧？」

小美由紀似乎恢復了神智，連忙鬆開了抓著巧克力棒的手。

「我、我說了什麼奇怪的話嗎？」

「不，沒有。」

當我這麼說完，濱波刻意地「咳嗯」發出咳嗽的聲音。接著她瞇起眼睛，用一副難以言喻的表情開口：

「話說回來，小美由紀是國三學生吧？」

「是、是的。」

「這時期不是應該正忙著大考嗎？」

「今天接下來也要去補習。」

「在這裡偷懶真的好嗎？」

「這麼說來確實沒錯，畢竟也不能給桐島學長添麻煩……」

於是小美由紀恭敬地低下頭說了句「打擾了」，不知為何蹦蹦跳跳地離開了病房。

「喂，這樣有點不太好吧，感覺像是趕人家走似的。」

「沒關係啦。」

「我是濱波雷達。」濱波這麼說著，再次抓住頭髮豎了起來。

「桐島學長和小美由紀，總有一天會感謝我的。」

「什麼意思啊。」

「不過，比起那個——」濱波繼續說道：

「學長打算怎麼做？」

「我可是知道喔？」濱波說著。

「剛剛說的桐島事變，那是經過改編的對吧？實際上發生了更過分的事情對吧？」

◇

這是在出院後，初次上學時發生的事。

雖然有些猶豫，我還是戴著早坂同學在聖誕節送給我的毛線帽離開了家。我並不清楚我們的關係究竟變成了怎樣。

無論如何，早坂同學和橘同學共享的暫停時間已經結束了。

『那是經過改編的對吧？』

濱波在病房這麼說過，她說的沒錯。

我將後來在東京車站發生的事用淺顯易懂的方式進行改編，省略一部分事情之後說了出來。其實發生的事更加激烈。

兩人尖銳的感情互相碰撞，深深地傷害著彼此。

早坂同學哭到聲音變得沙啞，橘同學也用平時無法想像的音量大聲說著話。

事情雖然因為我摔下樓梯強制中斷，但依然尚未結束。接下來還必須繼續進行下去才行，一想到這裡，就覺得走向學校的腳步很沉重。

住院期間，我並未和兩人見面。我曾跟她們說過不用在意。即使意識因為腦震盪變得模糊，但兩人震驚慌張的模樣依然深深印在我的腦海裡。早坂同學像是失去感情似的當場愣住，橘同學則是動搖地不停抓著頭髮。

當時我傳了「我沒事，馬上就會出院了，所以放心吧。」的簡訊給她們。

那時候早坂同學曾打了電話過來，一直哭著向我道歉。

橘同學則是傳了一封寫著「抱歉」的訊息。照玲女士的說法，她好像一直把自己關在房間裡。

我走進校門，將鞋子放進鞋櫃。

我打算找個時間，三人一起好好討論一下。確認究竟是我還有選擇的餘地，還是要由她們來下決定。這次首先要確認現狀，不讓她們的情緒產生衝突，慎重地——

就在我想著這種事走進教室的時候。

班上同學們的視線集中在我身上，感覺不像是在慶祝我出院，而是顯得很困惑，或是感覺像在裝傻。早坂同學就待在他們中間。

「桐島同學！」

早坂同學露出燦爛的笑容向我走來。

「恭喜你出院，我一直好寂寞喔！」

「不，比起那個……這種感覺是怎麼回事？」

班上同學都一臉驚訝地看著我們。察覺到他們的視線，早坂同學有些鬧彆扭地說道。

「大家完全不肯相信我耶。」

「相信什麼？」

「我跟桐島同學正在交往的事。」

「咦？」

「大家都以為桐島同學是在和橘同學交往。很奇怪對吧？就算說了自己在聖誕節收到了戒指，他們也完全不相信。所以啊，我就說等桐島同學來上學再給他們看證據。吶，桐島同學，現在我們就在大家面前——」

「等、等一下。」

我姑且將早坂同學帶往走廊。她說著「男朋友在叫我呢～」笑容滿面地跟了過來。由於教室邊的走廊上還是有很多人在看，於是我先帶著她前往長廊，隨後開了口：

「妳跟大家說我們正在交往嗎？」

「嗯。」早坂同學精神奕奕地點頭回答著：

「桐島同學願意選我，我真的很高興。」

「呃，關於這件事——」

「如果可以提出要求，我希望桐島同學不是因為偷跑懲罰才選我，而是能更直接地選擇我呢，嘻嘻。」

「不——」

在我說自己不知道那個規則之前，早坂同學便接著說「就算這樣，我還是很感動」並逕自說了下去：

「我會努力讓桐島同學喜歡上我。啊，不用擔心，我不會拚命過頭的。畢竟要是勉強自己，桐島同學會擔心嘛。」

「可是不行喔。」早坂同學笑著說。

「就算再怎麼重視我，也不能用橘同學來發洩啊。」

「呃，早坂同學的意思，換句話說……」

「桐島同學是打算成為能負起責任的成年人之後，才跟我做那種事對吧？說得也是呢。畢竟我們還是高中生，如果發生問題就糟糕了。不過，十幾歲的男孩子果然，那、那個，還是會有……那種衝動嘛……」

早坂同學紅著臉，很害羞似的說著：

「所以才會用橘同學來發洩對吧？啊，沒關係的，我一點都不在意喔？因為你很重視我的身體嘛。再說，我不想當個沉重的女朋友，所以不會因為這種事情說出麻煩的話。」

「可是呢——」此時早坂同學雙手握住我的手說道：

「用這種方式對待女孩子，橘同學果然很可憐耶。」

所以啊——

「請你乾脆地跟她分手，好好說出自己對她沒意思了吧。約好了喔？」

第29話　健全早坂同學

我們上的高中非常重視升學，三年級生到了第三學期之後，除了每週一次的上學日之外都不會來學校，因此校園在過完年後就變得很安靜。

「雖然我沒有特別要好的學長。」

看著冷清的中庭，酒井這麼說著。

「但還是有點寂寞呢。」

這是在放學後教室中發生的事。

我因為打掃值日生的工作正在擦桌子。雖然還有其他值日的同學，但他們有的在用抹布擦走廊，有的去丟垃圾，教室裡只有我跟酒井。

「接下來我們也要升上三年級了，你填志願表了嗎？」

「只寫了文組。」

「對將來有什麼想像嗎？」

「好難想。」

午休時間，學生會長牧翔太在教室裡撰寫演講用的稿子。內容是在校生要送給畢業生的話。牧的筆在寫到「請朝向夢想好好努力」的地方停了下來。

接著非常傷感地開了口：

「就算像小學生那時一樣說出遠大的夢想也不切實際。畢竟我們沒那麼孩子氣了。話雖如此，總覺得要向現實妥協也還嫌太年輕。」

正是如此。

十七歲的我們差不多已經到必須考慮將來的時候了。但由於還不夠成熟，因此各方面來說都很困難。

「雖然只要訂下將來的目標，再決定挑選的系所就行了，但這樣有種狡猾地選擇有可能穩定實現的目標這種感覺，總覺得好像也不太對。」

「哼嗯，你想了很多呢。不過呢，現在真正重要的事——」

酒井用非常認真的語氣說著：

「果然還是戀愛對吧。」

「真直接啊。」

「就說戀愛絕對比較重要了。」

酒井在學校戴著眼鏡放下瀏海，假裝成一個樸素的女孩子。但她其實是個有許多對象的女孩子，正談著非常自由的戀愛。

「小茜完全把自己當成桐島的女朋友了。因為要是不這麼想，她就無法接受吧。」

早坂同學的認知有了扭曲。

我並不知道早坂同學和橘同學之間訂下了誰先偷跑就要跟我分手的規則。但是在早坂同學心裡，我是在知道這個規則的情況下，還跟橘同學做出了那種事。

既然在知道規則的情況下還那麼做，就代表要跟橘同學分手，選擇了早坂同學。

無論從哪個角度來看，這都是只有早坂同學相信的現實，但是——

「現在的小茜很可愛吧？」

酒井說道：

「她如果是真正的女朋友，就會是那種感覺喔。」

酒井說得沒錯。相信自己變成普通女友的早坂同學既開朗又無憂無慮，非常可愛。

上課時對上眼的話她會露出笑容，在走廊上擦肩而過她會從女孩子團體裡比出勝利手勢，要去其他教室上課她也會追上來說著「嘿！」輕輕地撞我一下。

動作害羞又拘謹。但那些細微的舉止中有種特別的親暱感，既不像是在向周圍的人炫耀，也不會做過頭。

要是我跟早坂同學正常交往的話，這種未來或許是有可能實現的。

「你能跟小茜說實話嗎？」

「我不只一次想跟她說。」

但是說不出口，我沒辦法對露出幸福表情的早坂同學說「妳誤會了」。

「我覺得她本人心底也很清楚就是了。」

酒井說著：

「另外，小茜的評價稍微變差了喔。」

因為文化祭的事，我跟橘同學變成了全校公認的情侶。

現在早坂同學被認為是個正在勾引有女友男性的女孩子。

「跟之前不同，不會做過頭這點反倒營造出了微妙的真實感。畢竟本人覺得自己是桐島的女朋友，會這樣很正常。你看嘛，女生都不喜歡會挑逗別人的男友的女孩子啊。而且橘同學在女生間很受歡迎，所以大家都會站在橘同學那邊。」

似乎有不少女生對早坂同學的態度感到不解。

另外，由於早坂同學被當成清純的象徵，要是知道現狀，那些抱有幻想的許多男生究竟會因為幻滅而說出什麼話，實在難以想像。

目前要是她在下課時間跟我貼得太近，酒井就會跑過來拉住早坂同學的衣領，把她拖到其他地方去。

每當那樣的時候早坂同學就會掙扎著說：「為什麼～？小文，為什麼啊～？」並露出一副莫名其妙的表情。

「那麼，你打算怎麼做？」

酒井說著：

「橘同學獻出了第一次所以絕不會退讓。小茜扭曲了現實，即使自己的風評變差仍打算當你的女友，我認為這個情況相當糟糕。」

她說得沒錯，但我對此也並非毫無對策。

「我會執行桐島軟著陸計畫。」

「嗯？你再說一次？」

「桐島軟著陸計畫。」

這是讓這段戀情軟著陸的計畫。

「那具體該怎麼做？」

「冷淡地對待她們兩個，讓她們討厭我。」

「你是打算讓戀情冷卻，以避免陷入修羅場嗎？」

順帶一提，這個計畫已經在病房跟濱波說明過了。

『真是學不乖！』

濱波發出了慘叫。

『學長的計畫從來沒有成功過吧！』

酒井也露出見到可憐孩子的眼神看著我。

「你真的要做這種這種無腦的計畫？要不要我事先告訴你結果？」

但酒井似乎察覺了我真正的意圖。

她露出微妙的表情，手扶著下巴，想了一會之後開口：

「難道說，這是分手前的預演？」

◇

東京車站的事有著我沒跟任何人說過的真相。

考慮到那方面，我們的感情已經走到了盡頭。

所以出院後，我一來到學校就把兩人各別找了出來。

「我會好好做出選擇的，就像聖誕節時說的一樣。」

但是，她們完全聽不進去。

「桐島同學已經好好地選了我啊？」

早坂同學露出幸福的笑容說著：「謝謝你喔。」

「我已經成為了司郎的女孩子，司郎已經對我做了比選擇更進一步的事情了。」

橘同學則是在我說到一半就抱住了我。

就結果而言，我想只有自己狠狠傷害、拋棄其中一方，才能讓這段戀情迎來結束。

冷淡對待她們的桐島軟著陸，就是為了分手做的準備。只要降低對我的好感度，就算被甩或許不會受到多少打擊也說不定。

這也是我為了傷害女孩子而做的預演。

「就算說著這種話，你不還是拖拖拉拉的嗎？」

那天放學後，我在教室裡向酒井說了自己的計畫後，她這麼對我說。所以我訂下了期限。

「我會把滑雪遊學當作期限。」

我們高中為了讓學生專心準備考試，三年級生幾乎沒有學校公事。高二在三月初的滑雪遊學將會是最後一項學校活動。

「原來如此，是因為考慮到兩人的將來、嗎。」

畢竟以早坂同學的學力來說，考高難度大學也是選擇之一。而橘同學還要考據說最難的藝術大學，甚至還要參加鋼琴考試。

我應該在升上三年級之前做出決定，希望她們兩個能有個幸福的未來。

「無論遇到什麼狀況，我都打算在滑雪遊學的最後一晚做出決定。」

「就算會深深傷害沒被選上的那個人也一樣？」

「嗯。」

我也想過不做出選擇，所有人各奔東西的做法。但我覺得這種與其有人會變得不幸，不如大家一起變不幸的做法非常自欺欺人，也像是在輕視她們一直以來表露出的情感。

「你打算選誰？打算傷害哪一方？」

「這個嘛——」

這是個非常困難的問題。我打算冷淡地對待兩人，一邊進行軟著陸一邊做出決定。畢竟其中一人或許會因為討厭我而主動離開，甚至有著由於計畫過於有效，導致她們都離開我身邊的可能性。

但是，即使如此也沒關係。

我已經無法繼續維持現狀了。

「桐島，看來你真的決心要打破現狀了呢。」

「嗯。」

「你就努力試試看能不能軟著陸吧。」

酒井說著：

「雖然我認為最後一定是硬著陸就是了。」

◇

我立刻就開始執行桐島軟著陸計畫。雖然在分手前對對方冷淡是非常過分的行為，但既然已經決定了，擺出消沉的態度也無濟於事。我應該用非常積極、正面的方式來執行。

「桐島同學，我做了便當來喔～」

午休時間，早坂同學帶著午餐盒來到我的座位上。由於她把自己當成了我的女朋友，因此毫不在意班上同學們疑惑的目光。

換作平時，我應該會拉著早坂同學的手逃到沒人在的地方，但就是做了那種事才會一直拖拖拉拉的。所以我用堅定的態度開了口：

「我想吃福利社的麵包。」

我當著早坂同學的面站起身，朝福利社走去。當我買完麵包回來一看，早坂同學正坐在自己的位置上，一臉悲傷地注視著午餐盒。但在看到我之後，表情立刻變得開朗，堅定地說：

「為了讓桐島同學覺得好吃，從明天起我會更加努力的。」

我的身體擅自動了起來。

走到早坂同學的位置上，拿起那個午餐盒。

「我可以當晚餐吃嗎？」

「……嘻嘻，謝謝你。」

果然早坂同學就是該露出笑容。

「你看～桐島同學，我買了這個～」

某天早上，早坂同學在往學校的路上跟我搭話。仔細一看，她的書包上掛著一個可愛玩偶的鑰匙圈。

「我喜歡這個角色喔～」

「我不太喜歡。」

我冷淡地這麼說完後，從隔天開始早坂同學就不再掛著那個鑰匙圈了。

當我在教室裡看著那個空蕩蕩的書包時，早坂同學就會勉強地擠出難以形容的笑容。

又過了一天，回過神來我已經準備了兩種不同顏色，早坂同學喜歡角色的玩偶鑰匙圈。一個吊在自己的書包上，一個送給早坂同學。

因為地點選在人煙稀少的回家路上，早坂同學大受感動地抱住了我。

「謝謝你！我會一輩子好好珍惜的！」

我是個軟弱的傢伙，完全無法冷淡地對待早坂同學。就算瞬間這麼做了，身體也會立刻擅自行動做出彌補。

不行，要是我選擇了橘同學，將會更加深刻地傷害早坂同學。可是某件事情的發生，讓我確信自己已經無法繼續對早坂同學擺出冷淡態度了。

那是某天，我們一起坐電車回家時發生的事。

「然後啊，我看了兩遍喔！」

「我覺得那部電影很無聊呢。」

我不死心地用一副評論家的態度批評著早坂同學喜歡的電影，並覺得自己是個過分的傢伙。可是即使我說了這麼過分的話，早坂同學對我的好感也絕對不會減少。

「對不起喔，因為我既沒知識又沒品味，所以覺得那種東西很有趣。但是，我會更加努力，努力讓自己跟桐島同學一樣，覺得那種電影很無聊的。」

已經不行了，與其看到早坂同學露出這麼寂寞的表情，不如像個笨蛋一樣溫柔對待早坂同學，把她徹底寵壞。

想到這裡，我的嘴巴擅自動了起來。

「我要不要也去上補習班呢。」

「咦？」

早坂同學的表情亮了起來。她從夏天起就開始上補習班，最近經常會有意無意地說著：「好想跟桐島同學一起去呢～」

「嗯，畢竟覺得自己差不多該認真念書了。」

「走吧。」

「咦？」

「現在就出發吧。正好接下來還有課，肯定會讓你參加體驗課程的。」

早坂同學挽住了我的手臂。

補習班和學校的人際關係是分開的，在那裡早坂同學也能做出符合女友身分的事。懷著這種想法，我做出了回答。

「好啊，走吧。」

這正是桐島軟著陸計畫輸給早坂同學的瞬間。

◇

我一直以為只有幹勁十足的人才會上補習班，有種這裡的人總是專注在學業上，不太注重人際關係的印象。

實際上初次走進補習班時，校舍裡很安靜，氣氛也冷冰冰的。

但畢竟這裡都是同齡的人，早坂同學也很親切，因此跟其他學校的學生似乎處得不錯。當早坂同學牽著我的手走進教室時，一群看似平時跟她打成一片的女孩團體向我們搭了話。

「咦？這位難道是早坂同學的男朋友？」

「嗯，他是桐島同學。」

「好厲害～」

「妳們好，我叫桐島司郎。」

當我簡單地跟她們打了招呼後，早坂同學說著：「桐島同學來這裡！」推著我的背從眾人身邊離開。

「應該更詳細地跟大家做自我介紹比較好吧？」

「不～行！」

座位似乎是自由挑選的，早坂同學把我帶到最後面的角落就座。

「為什麼？」

「因為大家都是拚命將注意力集中在學業上的認真孩子，不擅長應付男生。搞不好連桐島同學這樣的眼鏡仔都會覺得很帥，一下子就迷上了也說不定。那麼一來會很麻煩吧？」

「在各方面都很失禮耶。」

課程開始之前，早坂同學的熟人跑了過來，表情興致勃勃地對早坂同學說著：「妳男朋友感覺很認真呢。」早坂同學有些害羞地低著頭：「嗯。」了一聲當作回應。

「哎呀，大家真是的。」

早坂同學似乎很困擾似的，邊笑邊這麼說著：

「聽到戀愛話題就立刻變得那麼興奮。」

「啊，嗯。」

「補習班明明是念書的地方說。」

「就、就是說啊。」

同學們一個接一個找到空位就座，早坂同學則在我身邊坐了下來。

「學生的本分是念書！因為戀愛起鬨是不行的！」

雖然腦中閃過許多念頭，不過當課程開始之後，早坂同學便露出認真的表情用自動筆抄起筆記，應該是已經轉換心情了吧。

我也專心在課堂上，開始研究寫在黑板上的公式。

雖然很想以眼鏡角色的身分乾脆地解開題目，讓她們說出：「真不愧是早坂同學的男友，好厲害！」但是——

題目比預料中更難，使我的手停了下來。

環顧四周，大家都若無其事地動著筆。

真是令人焦慮的狀況。

但是，我不能放棄。從少年時期開始，念書就是我唯一的強項。

上啊，桐島司郎，要是答不出來的話，我就是個普通的瘦皮猴了——

「沒辦法嘛，畢竟是升學考試的課程，進度比學校更快嘛。」

回家路上，早坂同學安慰著我。外頭一片漆黑。

「但是，沒想到這麼多題都解不開……」

「嗯，再這樣下去桐島同學為數不多的優點就會消失，變成一個瘦弱的眼鏡男了。」

「妳有打算安慰我嗎？」

「不過沒問題的，桐島同學一定很快就能學會。」

早坂同學緊握著拳頭這麼說著。

「話說回來，早坂同學全部都答出來了呢。」

「嗯，最近我很努力喔。要是跟桐島同學交往後成績變差的話，大家肯定都會說是那個男朋友不好嘛，我討厭那樣。畢竟桐島同學是最棒的男朋友嘛，這是一段很棒的戀愛，所以我會非常努力的！」

她像是在鼓勵我似的用開朗的語氣繼續說道：

「我能做到的事，桐島同學也能做得到。在家裡複習，首先是數學！」

「數學！」

「數學！」

見早坂同學語氣開朗地附和，我也有節奏地重複著。

「好了桐島同學，現在開始饒舌吧！」

「咦～」

不，就算妳一臉開心地看著我，做不到的事情就是做不——交給我吧！

「數學！明白自己做不到就是收穫！沒有時間出去玩的週末！」

「英文！」

「英文！不懂的話考試就被checkmate，用外國電影學習hateful eight！」（註：hateful eight指美國導演昆汀．塔倫提諾執導的電影《八惡人》。）

之後我將所有科目都唱了一遍。當饒舌結束時，受到早坂同學開朗的情緒影響，我也徹底恢復了精神。

「感覺被鼓勵了呢。」

「嘿嘿。」

早坂同學露出害羞的表情，接著抓住我的手，踮起腳尖在我的臉頰上親了一下。

「要加油喔，桐島同學。」

這是個鼓勵的吻。

我們牽手走在一起，鬧區的燈光點綴著夜晚的街道。

早坂同學吐出白色的氣息，她在制服外披著一件外套、圍著圍巾，是個標準的冬季打扮。但她身邊的空氣似乎暖烘烘的。

「桐島同學，我最喜歡你了。」

她一邊這麼說，一邊將身體貼了上來。

「接下來也要跟我在一起喔。」

「嗯。」

我點了點頭。

現在早坂同學的形象，是深信自己被選上而營造出來的。但是，她毫無疑問是個既開朗又可愛，百分之百的女朋友。

我真的有辦法傷害露出這麼幸福表情的女孩子嗎？能夠跟她提出分手，選擇其他的女孩嗎？

我會在滑雪遊學的晚上做出結論，這個決心沒有改變。

但是現在——

我決定沉醉於這個如夢似幻的早坂同學身旁。

◇

我跟早坂同學的溫馨情侶生活是以補習班為中心。放學後會在車站碰面，一起前往補習班念書，是一對很用功的情侶。

也會在咖啡廳裡翻閱挑選大學的書。

「我已經決定好第一志願了。桐島同學呢？」

「我還沒有，連系所都還沒決定。」

「只要思考將來想做的事，應該就能自然做出決定了吧？」

跟之前不同，早坂同學似乎並非抱持著跟我上同一所大學就好的想法。

「畢竟要尊重桐島同學的意思，會分開是當然的。不過你可不能因為我不在身邊就花心喔～」

她雙手捧著紅茶杯，用半開玩笑的語氣說著。

早坂同學完全變成了一個健全的女孩子。不僅說的話很正經，也不會像之前一樣勉強配合我喝黑咖啡。

並且不再做出任何過於激烈的行為。

「等長大之後再來做吧。」

她是這麼說的。原因果然是我和橘同學做的那件事。我不跟早坂同學做，是因為我很重視早坂同學的身體。而會跟橘同學做，則是因為我隨便對待橘同學的身體，用她來洩欲的緣故。早坂同學的內心是這麼想的。

反過來說，要是現在做了，就代表自己不被重視，或者承認自己輸給了橘。所以，早坂同學變得對那方面非常有潔癖。

她身上充滿了一直被自己否定的乖孩子價值觀。

只會牽手，或是挽住我的手臂。

「親吻只能親臉頰喔。」

早坂同學笑著這麼說。對我來說這樣完全沒問題，我並非看中她的身體。

我們是一對感情融洽的可愛情侶。會列出約會想去的地方，依序走過一遍。早坂同學的提議大多是像動物園或水族館之類溫馨系的地方。

早坂同學會因為獅子突然吼叫而躲在我身後，或是被海豚噴水變成落湯雞。由於她似乎也想去拉麵店，我便帶她去了。那是一間會在麵裡加入很多蔬菜的店，點餐的方式很多，我也將方法教給了她。

「這樣約會沒關係嗎？」

「嗯，因為我還是第一次來這種店嘛。」

沒進過拉麵店或牛丼連鎖店的女孩子似乎還不少。

「醬汁多一點原來是那麼一回事呢。」

第一次去牛丼連鎖店吃牛丼那天的回程路上，早坂同學這麼說著。
「不過像我這種喜歡吃拉麵跟牛丼的女孩子，會不會有點廉價呢？」
「接下來也拜託妳維持這樣嘍。」
「乾脆來要個昂貴的名牌包吧！」
跟早坂同學共度的時光有著如同沐浴陽光般的暖意。
非常安穩，令人安心。
她的魅力達到頂峰是在週末，星期六發生的事。
那天補習班有模擬考。當我們考完所有科目，筋疲力盡地走出校舍時，太陽已經開始西沉。於是早坂同學開了口。
「我有個一直想跟桐島同學一起去的地方。」
跟著她過去一看，才知道是百貨公司的頂樓廣場。那裡鋪著能讓小孩玩耍的人工草皮，並放著小型溜滑梯之類的遊樂器材。
「小時候，我經常跟家人一起來。」
因為是傍晚，這裡幾乎沒有人。
「我喜歡的是這個。」
她說的是一種被稱為熊貓車，乘坐在熊貓上的載具。是一種用四隻腳慢慢走路的機器。
「變老舊了呢，以前更漂亮的說。」
因為她邀我一起坐，於是我們一同跨坐在熊貓的背上。早坂同學坐在前面，我坐在她的身後。

投入硬幣之後，熊貓慢慢地動了起來。

「我小時候非常喜歡坐這個喔。」

「小時候我被爸爸媽媽保護、疼愛著，非常幸福呢。」早坂同學持續訴說。

「那時幸福的心情，受到保護的安心感，會隨著成長逐漸消失，只留下懷念的感覺吧。我一直以為那種幸福的時光已經不會再有了。」

「但並不是這樣呢。」早坂同學邊說邊看著我。

「只要跟桐島同學在一起，我的心情就會變得跟當時一樣幸福喔。非常溫暖，又令人安心。謝謝你，桐島同學。」

早坂同學面帶微笑地說著。

我忍不住抱住了她。

「嘿嘿，桐島同學真溫柔，我好開心～」

早坂同學將我當作了她重要回憶的一部分。

接著我明白了。自己至今為止整個人都沉浸在早坂同學對我的好感之中，而她也一樣希望能夠整個人都沉浸在我的好感裡。

所以，我認為現在正是毫無保留地將自己喜歡的心情投注在早坂同學身上的時候。做法非常簡單。

我喜歡眼前露出開朗笑容的早坂同學，於是加重了手上的力道。

「桐島同學，我好難受喔～」

早坂同學笑著倚靠在我身上。

「我還想跟早坂同學待久一點。」

「可以喔。」

「門禁呢？」

「如果是跟桐島同學在一起，媽媽是不會有意見的。」

早坂同學的母親對我的評價似乎很高。她是個很認真的人，據說是自從早坂同學跟我交往之後，變得開始用功讀書的緣故。

「她說還想跟桐島同學見個面。」

早坂同學身上洋溢著幸福的氣息。跟她在一起人生一定會很順遂。她既長得好看、做事認真、專情、性格開朗、還很顧家，要結婚就該選擇早坂同學。一個能被這麼形容的理想女孩就在我的眼前。

我們離開百貨公司，漫步在傍晚的街道上。

「我還沒去過漫畫咖啡廳呢。」

聽她這麼說，我們一起走進漫畫咖啡廳。「原來這麼漂亮啊。」早坂同學好奇地環顧四周這麼說著，等我結完帳後，早坂同學立刻朝自助飲料吧走了過去。

「快看～我在哈密瓜蘇打上加了冰淇淋～」

我帶領單手拿著冰淇淋蘇打的早坂同學走進房間。剩下的房間只有一個，是情侶房。

「總、總覺得很害羞呢。」

房間裡有電腦、鋪著床墊、放著兩個靠枕。是個能讓人稍微聯想到床鋪的空間。不過，我們的想法都很健全。

我們躺在墊子上，兩人一起閱讀同一本漫畫。不時相視而笑，簡直就像一對感情良好的狗跟貓。

這個情況有所改變，是在我們聽見來自隔壁情侶房聲音的時候。

「桐、桐島同學，這不就是——」

「嗯。」

「這是不行的吧？」

那是當然的。可是，隔壁的情侶房恐怕正在進行那方面的行為。由於房間沒有隔音，因此他們雖然壓抑了音量，但果然還是聽得見。

「吶，桐島同學。我們也、那個、稍微……」

早坂同學露出渴望的眼神看著我。這裡是漫畫咖啡廳，換作平時我會拒絕。但感覺早坂同學快要失控了，而且現在的我非常想將愛意傳達給她。

我剛剛就是這麼決定的。

於是我將早坂同學抱到身邊，打算吻她，但是——

「不～行。」

她用食指抵住了我的嘴唇。

「咦？」

「這個等到成年之後再做吧？畢竟都好不容易忍到現在了。」

說起接下來發生了什麼事——

「桐島同學不可以動喔。」

我只能乖乖地待在原地。早坂同學貼在我身上，一邊說著「我喜歡你」，一邊親吻著我的臉頰，或是將胸部貼在我的臉上，反覆進行著輕微的肢體接觸。依照健全早坂同學的基準，親密接觸似乎只能親吻臉頰。

「我喜歡舉止紳士的桐島同學。」

早坂同學穿著能凸顯身體曲線的針織毛衣搭配短褲及絲襪，是一副能清楚看見豐滿大腿的打扮。即使被她的身體貼著，我卻什麼都不能做。不能像過去一樣感受早坂同學的柔軟身體，也不能感受她身上的濕度。

「摸我的頭～嘿嘿，我喜歡這樣～」

我回憶起嘴角拉出絲線的唾液、汗水淋漓的柔軟身體、顏色變深的沾濕內褲，臉頰紅潤發出呻吟的早坂同學。她還曾因為濕過頭換過床單。

但是現在我卻不能那麼做，只能拚命忍耐。

這個狀況持續了一個多小時。我想向早坂同學投注愛意，打算事事依照她的要求。因此既然她希望我別動，我就會照辦。

但是，在不斷被要求忍耐的期間，我的腦袋逐漸沸騰，思緒變得奇怪。

不，這很奇怪吧？

明明是妳先對我釋放著喜歡到不得了的情感，將我的腦袋融化浸泡在情意裡，事到如今卻又擺出一副回過神來的清純模樣，打算像個孩子般開始一段純純的愛，還要求我忍耐到底是怎麼回事？毫無疑問，我也會有那方面的衝動，在這種情況下不可能一直忍下去。

「我喜歡桐島同學～」

早坂同學天真無邪地不斷貼了上來，好想觸摸她那被針織毛衣凸顯的胸部、以及布料很少的短褲。想一邊撫摸她的胸部，一邊感受那股濕潤。

「嘻嘻，要一直好好相處喔～」

我也有著能對早坂同學釋放的大量愛意，現在我非常想將其發洩出來。

「桐島同學也親我吧～」

她這麼說著，將臉頰湊了上來。

這樣不對吧。

早坂同學不是說過嗎？愛是一股想傳達給對方的力量奔流，迄今我一直從早坂同學身上得到這種感覺，即使被耍得團團轉，卻也獲得了極大的快感。這不也是早坂同學向我尋求的嗎？

而現在，我也想將自己的情意傳達給早坂同學，想讓她知道我也很喜歡她。

「桐島同學，親親～」

愛就是破壞。

我已經忍不住了，將早坂同學壓在身上。

「桐、桐島同學……不行啦……嗯、嗯嗯！」

我順著激情將舌頭伸了進去。

「不可以……嗚啊……要是被這麼做的話……腦袋會變奇怪的啦……」

我一邊讓早坂同學喝著我的唾液，一邊侵犯她的嘴巴。早坂同學很快也將舌頭纏了上來。豐滿肥厚的舌頭、濕潤的口腔，彼此的唾液不斷發出聲音。

「為什麼？為什麼？明明不能做……不可以這麼做的……」

早坂同學的表情已經有了興致，眼神變得渙散。

似乎是因為健全早坂同學和她至今為止的價值觀互相衝突，導致她陷入了混亂。

但是無所謂。

我們互相朝對方送出好感，彷彿要弄壞對方似的。

正如早坂同學表露出自己喜歡得要命的心情一樣，我現在也將自己非常喜歡早坂同學的心情拚命傳達了出去。

我張開早坂同學的腳，用「我就是這麼喜歡妳喔。」的感覺，隔著衣物把那個放在她短褲的正中央。

「桐島同學，嗚啊……嗚啊啊啊……這個、嗚哇啊……」

早坂同學至今對我釋出了非常多的好感，但因為我是個裝模作樣，試圖找出平衡點的混蛋，所以無法做出回應。早坂同學曾因此不斷表現「明明我這麼喜歡你」而陷入失控。

「桐島同學，做這種事是不行的……這是壞孩子在做的事……嗚啊……」

我們互相表達愛意，過去都是我單方面地遭到壓制。

但現在攻守互換了。

這次輪到早坂同學沉浸、任由我的愛意擺布了。

我撥起早坂同學的頭髮，發出聲音舔著她的耳朵。早坂同學發出不成聲的叫聲並挺起了腰。我希望她腦袋一片混亂，就跟我過去一樣。

「不行啦……布料很薄……這樣會連褲子也……啊、啊……不……啊！」

早坂同學在我的身下掙扎著。

我正在徹底地進攻，完全壓制著她。

冷淡地對待過早坂同學之後，我才知道。我真心喜歡著早坂同學。

我的確有選擇橘同學，和早坂同學分手的可能性。

但是直到最後時刻到來之前，我想把自己喜歡的心情表達出來。

因為早坂同學一直都是抱持著這種心情。

這次輪到早坂同學扮演我的角色，被我的情意耍得團團轉、不斷感到困擾，直到沉淪了。

我用力緊抱著早坂同學的身體，將身體塞進她的雙腿之間，強硬地抵了上去。

如何？早坂同學，怎麼樣？

我的感情壓制著，贏過了早坂同學。很好，幹得不錯嘛，我。

正當我想到這裡的時候。

「嘿嘿。」

早坂同學有些害羞地笑了。

「我清楚地明白了。桐島同學也會有那方面的衝動。」

她的手上不知何時拿著手機。

「可是啊，這種事果然還是至少等高中畢業再做吧？否則就跟隔壁那些不重視對方的情侶一樣了嘛。」

健全早坂同學這麼說完，親吻了我的臉頰。

「沒問題的，我有做好讓桐島同學能夠忍耐的準備。」

她這麼說著操作手機，接著我的手機傳來了收到訊息的音效。

那是一段影片。見早坂同學點了點頭，我便試著將其開啟。

畫面上出現了早坂同學，是把手機放桌上拍的吧。影片看起來像是用了定點相機。她穿著睡衣，有些害羞似的看著鏡頭。

地點是早坂同學的房間。

『男人跟女孩子做那種事的心情很強烈對吧？』

早坂同學滿臉通紅，稍微別開視線地說著。

『桐島同學是因為很重視我，才不打算跟我做對吧？可是一直讓你忍耐我也很抱歉……然後啊，問過小文之後，才知道男人在那時候……那個……都是一個人解決的……』

早坂同學看似有些困擾地笑著說。

『……所以，那個、我想……要幫個忙。男人都會看影片來做對吧？從現在開始，我會、那個，做、做色色的事情……要是你願意看就好了。』

說完之後她離開鏡頭，躺在床上。

『現在開始我會想著桐島同學一邊做喔。』

她轉頭看著鏡頭，將手伸進睡衣裡──

『果然還是很害羞，我還是轉過去吧，對不起喔。』

早坂同學躺在床上，背對著鏡頭。

雖然看起來沒有任何動作，但過了一陣子之後，早坂同學小聲地『啊』發出了甜膩的叫聲。

『桐島同學……啊、啊……不行啦……桐島同學……』

早坂同學的大腿不斷摩擦，豎起耳朵就能聽到她濕潤的呼吸，以及些微的水聲。

或許是身上沾滿汗水，質地稀薄的睡衣緊緊貼在早坂同學的身上。最終似乎因為無法壓抑聲音了，她縮起身子將臉埋進了枕頭裡。

面朝相機鏡頭的手伸進了睡衣褲子裡，看不見的另一隻手似乎是放在胸部上。

低沉的呻吟聲斷斷續續地從枕頭底下傳了過來。

不久之後──

早坂同學的雙腳伸直，腰部高高挺起──

『嗯嗯……嗯嗯！』

她摀著枕頭大聲叫了出來，腰部反覆不斷地高高仰起。

過了一會，早坂同學全身無力地站了起來，露出恍惚的表情走到鏡頭前。部分睡衣因為濕掉改變了顏色。

『下次我會好好脫掉衣服的。』

早坂同學的臉如同發燒般紅通通的。

『對不起喔，讓你忍耐著。如果有進一步的要求，記得跟我說喔。一旦想到桐島同學，只要忍一下就好了……等長大之後再來做吧。』

她這麼說完之後，影片就告一段落。

「怎麼樣？」

健全早坂同學就像等待被誇獎的孩子似的，露出開朗的表情詢問著。

「可以用嗎？因為我不是男孩子，所以不太懂……」

「不，比起那個──」

我已經回過神來，失去了不久之前的強勢態度。於是說出了非常正經的話。

「就說這種東西不太好了。」

「為什麼？」

「畢竟影片有可能外流，當然我不會這麼做，但留下資料或許會有個萬一……」

「沒關係喔，如果是為了桐島同學，我就算人生變得亂七八糟也無所謂。」

「就算影片外流也完全沒問題。」早坂同學笑著這麼說。

「而且啊，我很喜歡被桐島同學深深傷害，心情變得亂七八糟的感覺喔～」

「咦？」

「當自己被冷淡對待、受到傷害，覺得已經不行的時候～只要被桐島同學稍微溫柔對待，就會有種被深深愛著的感覺呢。然後啊，就會變得喜歡桐島同學到無法自拔的地步喔。」

早坂同學露出非常幸福的表情說道。

「所以接下來也請你繼續傷害我、背叛我、把我弄得遍體鱗傷吧。我一點都不要緊，為了桐島同學，我什麼都願意做。」

「影片也盡量用吧，如果想拿給牧同學看也不用客氣喔。」她還說了這種話。

所以——

「記得好好跟橘同學說你們只是肉體上的關係喔。畢竟她還把自己當成桐島同學的女朋友，很讓人困擾呢。」

第30話 What's your name?

「ＤＯ～」

橘同學一邊按著鋼琴的鍵盤，一邊發出清澈的聲音。

我站在鋼琴旁，配合橘同學發出同樣的聲音。

「ＤＯＥ～」

「司郎，你那已經算是ＦＡ了。另外，站得放鬆點比較能發出好聲音喔。」

這是放學後，在舊音樂教室發生的事。

我正跟橘同學一起練習唱歌。契機是來自第六堂課，讓全體在校生在畢業典禮上唱歌的練習，負責鋼琴伴奏的人是橘同學。

當時我依然不死心地進行了桐島軟著陸計畫。要說我具體做了什麼，就是無視橘同學的鋼琴伴奏，刻意唱得很差勁。

「牧，我今天唱得超爛的對吧？」

「跟平時差不多啊？」

全體練習結束後，橘同學前來向我搭話。

「走音得很嚴重呢。」

「妳即使在合唱中也能聽出我的聲音啊。」

「司郎的聲音無論在哪我都認得出來。」

橘同學的聽力似乎非常優秀。接著她提議要一起練習。「可以嗎？」我這麼問，橘同學點頭「嗯」了一聲。

「因為我是個會對男友帶來正面影響的好女友。」

於是我們就這樣來到舊音樂教室練習發聲。

當然，我在這裡也打算冷淡對待橘同學。本來打算在開始練習曲子時假裝自己非常沒有幹勁，藉此降低她對我的好感度。可是——

「總覺得好麻煩啊。」

發聲練習開始後過了三分鐘，在我假裝自己沒幹勁之前，橘同學先一步把樂譜扔到一旁。

「難得兩人獨處，更卿卿我我一點吧。」

「太快露出馬腳了吧？」

「司郎有必要變得很會唱歌嗎？」

「對男友帶來正面影響的女友上哪去了？」

橘同學從椅子上起身，倚靠著抱住了我。她將自己嬌小的腦袋貼在我胸前，呼出甜膩的氣息。

「我喜歡你，司郎。」

從京都回來之後，橘同學就不時會偷偷地撫摸我。像是慵散地用頭枕著我的肩膀，或是伸手握住我的手指。

就算正常地過著生活，似乎也能從她那濕潤的眼神中看出來。

「他們絕對做過了吧。」

不時會有男生悄悄地說著這種話。

文化祭結束後，由於橘同學很受女孩子歡迎，因此會有女孩子抱著橘同學說「不要講這種話啦！」把那些男生趕走。接著提供幫助的女孩會一邊說著「那麼，你們是不是做得很開心？」一邊觸碰橘同學的腰，導致橘同學發出「喵～！」的奇特叫聲逃走已經成了固定橋段。

橘同學確實變得比之前更加嫵媚，到了連周遭人們都看得出來的程度。

現在她也露出像是在撒嬌的表情，非常順從地用確實像是只屬於我的女孩般的態度抱著我。

要是就這麼順著氣氛發展下去，我們肯定就能徜徉在魚水交融的快感中。

可是，那樣是不行的。我已經決定了，就像對待早坂同學一樣，我也要冷淡對待橘同學。

「差不多該放開我了吧。」

這是預演，是一種實驗。用來測試桐島司郎是否能和橘光里分手。

我帶著堅定的決心，推開了橘同學。

「我不喜歡像這樣抱在一起。」

「我喜歡你，司郎。」

「我沒那個心情。」

「這個週末……媽媽她不在家喔。」

「週末我想獨自在家悠閒度過。」

「雖然妹妹在家……」

「呃，那個，橘同學妳有在聽嗎？」

「我會好好讓她離開家裡的……」

不行，完全沒有效果。還有，這樣妹妹很可憐吧。

橘同學的指尖滑過我的頸項。

「司郎從剛剛就一直在說很無聊的話。」

「妳這不是有聽見嗎。」

「沒有意義，畢竟司郎心跳得很快嘛。」

橘同學說著，伸手放在我的左胸上。沒錯，我的心臟從剛剛開始就一直跳得很快。會這樣是因為橘同學一邊抱著我，一邊踮起腳尖，將下腹部貼在我身上的緣故。她那像是在渴求般的本能動作，使我湧起一股強烈的衝動。

橘同學有意識到自己在做什麼嗎？

抱著這種想法，當橘同學將腹部貼上來的時候，我也試著挺出了腰。這是會讓人聯想到那種行為的動作。橘同學似乎沒有意識到自己做了什麼，當她察覺自己的動作之後，臉頓時變得通紅。

「司、司郎壞心眼！」

她這麼說著別過頭去。但是很快就像是克服羞恥心似的貼了過來。再這樣下去感覺會被她牽著鼻子走。但是，這樣是不行的。我必須確實地也對橘同學實施桐島軟著陸計畫才行。

於是我決定擊退她，擊退的方式很簡單。

我反而積極地摟住橘同學的腰，將她抱到身邊，將腳伸進她的大腿之間。我一邊摟著橘同學的腰一邊親吻著她，她的身體立刻可愛地顫抖了起來，當我進一步把手伸進裙底，打算撫摸她內褲的時候——

「咦、啊——司、司……嗚……嗚喵！」

橘同學一如既往地發出慘叫從我懷裡逃走，接著躲進鋼琴的陰影，暈頭轉向的探頭窺探著我的模樣。

雖然已經做過一次，但橘同學直到最近還是個戀愛新手。即使會順著本能做出類似在求愛的動作，要做也沒那麼簡單。

「才上過體育課……而、而且還沒洗澡……」

旅行時是因為受到了非日常的氣氛影響才能趁勢那麼做。但是，如果想再做一次就必須滿足許多條件，房間也得變暗才行。我是在知道這個前提的狀況下將橘同學擊退的。而她當然也立刻察覺了這件事。

「司郎果然很壞心眼。」

橘同學這麼說著別過頭去。

「而且還完全不明白我的心情。」

「抱歉。」

我很清楚自己一直讓橘同學忍耐著，不時會有這種感覺。

『我們可是已經做過了喔？』

橘同學懷抱著想這麼說，但又不想點破的糾結感。

她只是等待著。就算我跟早坂同學一起上補習班，她也什麼都沒說。這是因為她還懷著打破偷跑禁止規則的愧疚感。

但是，我很清楚她不可能一直忍下去。

所以我得對這段戀情做個了斷。現在也是橘同學必須為了藝術大學的實技考試增加鋼琴練習量的重要時期，但是——

「司郎果然還是不了解我的心情。」

橘同學看著我的臉這麼說。

「我認為自己應該頗了解的說。」

「那麼，我理想中的戀愛是？」

我稍微想了一會後作出回答。

「小時候相逢的兩人對彼此一心一意，結為連理。」

從橘同學在文化祭上幫助濱波和吉見也能看得出來。但是橘同學卻說著「叭叭～答錯了。」像個小孩子般嘟起嘴巴。

「正確答案是？」

「時代是大正時代。」

「怎麼可能猜得到啊。」

「那年我十五歲，司郎是個留鬍子的三十歲大叔。」

「這點也要改動嗎？」

設定是橘同學剛離開鄉下，在銀座的咖啡廳擔任侍女。

「司郎對純樸的我一見鍾情，把我帶回家裡。教導我禮儀和念書，使我逐漸變成一個優雅的都會女孩。而我為了感謝司郎收留，努力地打掃跟洗衣服，對司郎盡心盡力。」

那時的我似乎還是懷著要讓不幸的女孩幸福的高尚情操，來對待還是少女的橘同學的。

「但就在某一天，司郎意識到了。自己就像對待玩偶一樣，把我塑造成了自己喜歡的女孩子。司郎雖然對自己的行為感到煩惱，晚上仍不知不覺地爬到了我的床上，而我雖然害羞，依然點頭答應了。」

「不答應也無所謂喔。」

但妄想中的橘同學答應了，三十歲的司郎似乎好好地疼愛了十五歲的橘同學一番。

「高潮部分是我受到舊制高中男生們邀請的場景。司郎察覺了自己內心對我的愛意前來追我。因為我很專情，所以好好拒絕了那些男生的邀請，等待著司郎。之後司郎鄭重地向我求婚，可喜可賀可喜可賀。」

「橘同學是文豪之類的人嗎？」

「那麼，既然證明了司郎不明白我的心情，我們來玩這個吧。」

橘同學這麼說著遞過來的——

居然是那本《戀愛筆記》。

「妳在意外的時機拿出了奇怪的東西呢。」

那是推理社社友國見小姐以前在校時寫的戀愛研究書。裡面收錄了能讓男女增進感情的遊戲，內容大多不太正常。

「不，就說不好了。」

「為什麼？哪裡不好了？」

目前我正在模擬分手的情況。所以不應該做這種會加深兩人感情的事。

「總而言之，這次不行。」

見我強硬地這麼說。橘同學露出一副快要哭出來的表情，說著「好過分」。

「這次明明不是會讓人有奇怪想法的遊戲……」

沒錯。那一頁上面寫的，是一種能夠加深雙方理解，罕見地看起來很正經的遊戲。

「不過，司郎不想跟我互相了解呢。對不起喔，提出奇怪的要求。」

橘同學表情十分難過，打算直接走出房間，胸口好痛。

想到橘同學內心故作開朗不停忍耐的情況，這裡只能答應才對。

可是，現在是進行桐島軟著陸計畫的途中。未來我也有可能和橘同學分手，即使她稍微露出了難過的表情也不能動心。我是個一旦決定就不會反悔的男人，有著堅定的意志，絕對不會——

「嘿等等！」

身體擅自動了起來，我已經不行了。

「啊哈。」

橘同學破涕為笑。

「我就喜歡司郎的這一點。」

「只玩一下子而已喔。」

我一邊說著，一邊捲起褲腳管。腿毛已經剃好了。

「你這不是準備好了嗎。」

「因為妳昨天傳了要玩這個遊戲的簡訊過來啊。」

「那麼，你願意陪我玩呢。」

「嗯，玩玩看吧。」

這麼說完，我們離開舊音樂教室，前往推理社的社團教室。

「這樣很害羞，所以不能往這裡看喔。」

聽她這麼說，我脫掉制服，別開視線將制服遞給橘同學。作為交換，我也接過橘同學的制服，並且穿了起來。

我穿上了橘同學的制服。

換好衣服之後往橘同學的方向一看，眼前是一個盤起頭髮的男裝美女。

橘同學穿著襯衫、西裝外套和長褲，看起來很帥。

而我的打扮沒什麼好說的。這種時候無論說什麼都很煞風景，應該專注在遊戲上。

「從現在開始我是橘司郎，司郎則是桐島光喔。」

「我知道了。」

「那麼，要開始嘍。」

我們點點頭，大聲說道。

「我們！」

「我們！」

「「交換身分了～～～！」」

◇

『What's your name?』

這個直譯叫做『你叫什麼名字？』的遊戲，是一款透過交換彼此立場來理解對方心情，非常充滿人文主義的遊戲。

也能透過做出想讓對方做的行為，來傳達想讓對方這麼做的心情。但是不太清楚為什麼要更換服裝。

無論如何，總之我先跟橘同學來社團教室時一樣，試著用咖啡機泡了杯咖啡。嘗試過後才知道操作玻璃製的機器要集中精神，各方面都很累人。原來橘同學為了幫我泡好喝的咖啡，每次都要做這麼辛苦的事嗎？真是感謝她了。

「來，請用。」

我一邊拉高嗓門，一邊將杯子放在咖啡桌上。橘司郎正坐在沙發上蹺著腳。

「謝謝你，光里。」

橘司郎這麼說道，輕輕地拍著我的頭。怎麼這樣，被人拍頭真令人害羞。

「光里，我來教妳念書吧。」

「咦？」

「期末考很不妙吧？」

聽她這麼說，於是我翻開了世界史的題庫。在近現代史，經濟大蕭條的範圍裡，有個題目是：

『在美國紐約，以金融、證券市場著名的街道是哪一條？』我不知道答案啦～明明不想念書的說，司郎真壞心眼！但還是謝謝你擔心我的成績，最喜歡你了！我一邊這麼想，一邊寫下了自己知道的街道名——貝克街。

「真是的，光里真可愛呢。」

橘司郎彈了一下我的額頭說道：

「貝克街是倫敦的街道吧。」

討厭，我把那裡跟夏洛克．福爾摩斯為舞台的街道搞混了，真害羞！

「正確答案是榆樹街喔，小貓咪。」

橘司郎親吻了我的額頭。

榆樹街是驚悚片中虛構的街道，總覺得真正的答案應該是華爾街才對。但既然橘司郎這麼說就一定是正確的！榆樹街！佛萊迪萬歲！

「好，要繼續下去嘍！」

ぽっ

「嗯！」

我們雖然打算趁勢繼續用功，但橘司郎到第二題就膩了。這個司郎好像非常討厭念書。

「總覺得好累，讓我休息一下。」

橘司郎躺在沙發上，我讓他枕著我的大腿。

「我說光里，要是我跟其他女孩子感情變好會怎麼樣？」

「討厭討厭，我不要這樣！橘司郎只能是光里一個人的男朋友！」

「放心吧，我只屬於光里喔，可愛的傢伙☆」

這種明顯智力低下的談話持續了一陣子，接著我是這麼想的。

這場遊戲失敗了。

我和橘同學將彼此視為異性的解析度和真實感過於差勁。

或許人類沒辦法成為自己以外的其他人。

正當我這麼想的時候。

走廊上傳來了腳步聲，而且還在逐漸接近。門邊的毛玻璃窗戶出現了人影。

慢著，拜託等一下。

橘同學倒是還好，她看起來就像個扮演男性的女演員，十分帥氣。

但我可就不妙了。雖然一直閉口不談，但由於襯衫太小，鈕釦無法完全扣上，裙子的拉鍊和扣環也無法閉合，就像是斜著穿高腰褲一樣，處理好的部分只有腿毛。但老實說，這畫面並不漂亮。

要是讓其他人看到，我將會失去身為人的尊嚴。

大門被無情地打開了。

◇

酒井文正朝著車站走去。

風很冷，她將圍巾拉到嘴邊。天色看起來隨時都會下雨，但依照這個氣溫或許會是下雪也說不定。她想著不曉得有沒有帶摺疊傘呢。

酒井打開書包進行確認，這個時候，一個熟悉的人經過她的面前。

是早坂茜。

「小茜，怎麼了？」

「我打算拿傘給桐島同學。」

小茜雙手小心翼翼地拿著塑膠傘。

「那個眼鏡仔正在和橘同學進行社團活動吧。」

「嗯，所以我會把傘放在社團教室前面，之前我也這麼做過。」

酒井稍微想了一會之後提問道。

「這樣好嗎？」

「沒問題的。桐島同學是最棒的，不會背叛我、一直都對我很溫柔，還願意理解真正的我。所以，我相信他就算跟別的女孩子兩人進行社團活動，也不會有問題的，我想當這種好女友。」

「要是桐島和橘同學做了什麼呢？」

小茜沒有對此做出回答，只是緊緊握住手中的塑膠傘，打算直接離開。

她緊緊抿著唇，露出隨時都會哭泣的表情。

我抓住她的肩膀阻止了她。

「小茜，妳自己有帶傘嗎？」

「沒有喔？」

小茜恢復了開朗的表情。

「沒問題的，我會在下雨之前回家。」

「真是的。」

酒井從書包裡拿出自己的折疊傘，交給了小茜。

「這個拿去用吧。」

「可以嗎？」

「條件是妳在放完塑膠傘之後，不要開門直接回家。」

「嗯！謝謝妳！」

小茜揮揮手返回了學校。隨後酒井拿出手機，打開桐島的聯絡方式。為了以防萬一，還是知會他一聲吧。

不過在思索了一會之後，酒井把手機收進了大衣的口袋裡。

因為無論做什麼，都已經沒有意義了。

◇

打開社團教室的門，走進來的人是學生會長牧翔太。

而我正躲在裝打掃用具的箱子裡，是橘同學在門打開之前把我推進來的。橘同學很溫柔，像這種時候總會留有一絲同情心。

現在社團教室鴉雀無聲。

牧跟穿著我制服的橘同學對峙著，他們兩個明明沒什麼交集。那麼，這個詭異的狀況究竟會怎麼發展呢？

我躲在工具箱裡守望著事態發展。

先開口的人是橘同學。

「唷，這不是牧嗎？怎麼了？」

社團教室瞬間安靜了下來。不過，牧立刻做出了回應。

「我正在寫畢業典禮上要用的演講稿，桐島也來幫個忙吧。」

「哦，可以啊。」

牧和假桐島司郎非常自然地聊了起來。咦？怎麼回事？是打算就這樣硬闖過去嗎？適應力太強了吧？

「果然還是想寫出讓人印象深刻的演講稿啊。」

「試著邊彈吉他邊講如何？」

「不愧是桐島，真是個好主意。」

「是吧？」

牧，住手，不要採用橘同學的點子啊。她可是個會在典禮上睡覺或胡思亂想的女孩子，這麼做肯定不會有好下場。

但是我送出的念力沒有任何效果，如同和弦演奏般的演講稿就此完成。

接著兩人之間醞釀著懶散的氛圍。

「就遇不到什麼有趣的事嗎？」

「有推薦的手機遊戲嗎？」

不用重現男高中生無聊時的場景啦！

我個人希望事情盡快結束，因為不習慣穿裙子，我心中充滿了想立刻穿上褲子的心情。

然而，牧和橘同學的鬧劇還在繼續，他們一定會玩下去。

正當我覺得就算被牧看見也無所謂，打算離開打掃工具箱的時候——

「我說牧，你覺得我該跟哪一邊交往呢？」

橘同學這麼說著：

「早坂同學不僅會做飯、又很開朗，還能一起上補習班，從旁支持著我。如果跟她交往，感覺我也能夠一起有所成長，結婚的話似乎也能構築出幸福的家庭，對人生肯定有正面影響吧。」

「是啊。」

牧隨口回應著。

「跟她相比，橘同學的確只有胸部大小跟早坂同學差不多呢。」

「哦、哦喔……」

「但是既不會做飯也不會念書，任性又三分鐘熱度。老是彈鋼琴，還要去讀藝術大學，所以大學生活一定也會有所不同——」

說到這裡，橘同學的語氣開始變得非常沮喪。

「是個完全派不上用場的女孩子，對司郎也沒有任何正面影響，那樣的話果然還是選早坂同學比較好吧……」

原來是想到這些事而感到不安了嗎。真是個笨蛋呢，我心想。

牧代替我說出了這個想法。

「妳真笨呢，桐島怎麼可能用這種方式挑選對象。」

「是這樣嗎？」

「桐島的確是個優柔寡斷、卑鄙又毫無倫理觀念，無藥可救的男人。」

說過頭了吧。

「不過，他不是個會對喜歡的對象要求回報的人。我也不知道桐島會選誰，但他不是會透過交往能不能獲得成長，或是能不能維持家庭這類老套的價值觀和算計來做出選擇的笨蛋。」

「牧同學……」

「所以振作點吧，這不像橘妳的風格喔。」

牧說到這裡「哎呀！」一聲彈了下手指。

「現在是桐島才對。」

真是令人火大的演技。

「再見啦，也幫我跟躲在打掃工具箱的橘打聲招呼。」

牧說完就離開了社團教室。

「司郎……」

橘同學走到打掃工具箱的前面。

我在漆黑的環境中開了口。

「我非常喜歡既不會做飯也不會念書，任性又三分鐘熱度，但只有胸部很大的橘同學喔。」

到頭來，我也沒辦法冷淡對待，或是傷害橘同學。最後做出選擇的那一刻我會好好搞定。所以現在，我希望橘同學能抱持著幸福的心情。

橘同學沒有回應，只聽得見某種東西摩擦的聲音。

最後打掃工具箱的門被打開了。

橘同學身上只穿著我的那件襯衫，也就是俗稱的男友襯衫狀態。她的雙腳裸露在過於寬鬆的白色襯衫下方，也沒有穿襪子。

「我也最喜歡你了。」

接著她別開視線，臉頰泛紅地說著。

「所以，來做吧。」

我跟橘同學的關係太深了。

◇

我站著抱住了她纖細的身體。光是這麼做，我懷中的橘同學就會可愛地發著抖。這個觸感使我腦中閃過了京都那晚發生的事。

橘同學在我身體下方呻吟、顫抖、掙扎的模樣，以及被汗水沾濕的白皙四肢。

「司郎……電燈……」

我無視這句話吻住了橘同學。嘴唇很薄，我將舌頭伸了進去，她隨即用那有些冰冷的舌頭纏住了我的舌頭。

嘴巴分開時唾液拉出了絲線，橘同學呼出了濕潤的氣息。

「吶，司郎。」

橘同學用請求般的語氣說著：

「我沒想過要把京都那一晚當成最後喔。」

雖然我們兩情相悅，但如果交往將會深深地傷害到周遭的人。

所以才要在那趟旅行留下最後的回憶，然後分手。

「搭新幹線的時候我確實是那麼想的，但被司郎抱住時一切都不同了。」

她當時似乎覺得不管怎樣都好。

「無論用身體還是其他東西，我都要把司郎留在身邊。現在我也是這麼想的。」

所以才主動脫掉了衣服。對她來說，那麼做應該需要很大的勇氣。

套著襯衫的她上半身沒有穿內衣。撫摸她的胸部，就能直接感受到些微的柔軟觸感。經過不斷的觸碰，她胸部的前端變得即使隔著衣服也能一覽無遺。

「司郎，不要看……」

橘同學很害羞似的別過頭去。

我隔著襯衫舔舐著她胸部的前端。因為唾液變得透明的襯衫底下，粉紅色的那個探出頭來，我用手指輕輕擺弄，接著舌頭繼續舔個不停。橘同學在我懷裡小聲地呻吟著，輕輕地發著抖。

「司郎……不行……我站不住了……」

橘同學夾緊了雙腳。我往她的腳看去，水滴正沿著她的大腿滑落。見到這一幕的我打開了開關，將手伸進了她的雙腿之間。橘同學的內褲濕搭搭的，變得十分柔軟。

我一邊隔著內褲用手指撫摸著橘同學，一邊舔著她的脖子。

「不行啦……才剛上過體育課……不行……」

一旦做了橘同學拒絕的事，她就會變得更濕。

她身體顫抖的間隔變得愈來愈短，雙腳夾得更緊。

然後——

「啊……司郎……司郎……司郎！」

水珠滴滴答答地落在地面，橘同學大大地挺起腰桿。

準備就緒了，我這麼想著。

橘同學表情十分陶醉，嘴角含著一束頭髮。

眼前有個穿著我的襯衫，臉頰泛紅，內褲濕透的女孩子。而且她還露出渴望的表情看著我。

一旦面對這種光景，任何話語跟價值觀都變得毫無價值。

橘同學將那裡貼了上來，我點了點頭。

我掀起她的襯衫，眼前是緊貼著她白皙柔軟肌膚的小巧布製內褲，正當我打算用手指將它脫掉的時候——

「不可以啦。」

回頭一看，發現早坂同學正站在入口，臉上掛著猶豫不決的表情，胸前很慎重地抱著一把塑膠傘。

「對、對不起喔，我原本不想打擾你們的社團活動的……」

早坂同學用非常拘謹的態度說著。

「可是這樣橘同學果然很可憐啊。那個，身、身體被拿來當作洩欲工具。」

我跟橘同學的這種行為，在早坂同學心中是這麼理解的。當然，橘同學不是個被說這種話還會保持沉默的人。她只穿著一件襯衫，語氣尖銳地說著。

「現在立刻出去。」

「不行啦，要是放著不管，桐島同學就會再次對明明不喜歡的橘同學下手了。」

「司郎是愛著我的。」

「才沒那回事呢，如果有愛的話就不會那麼做，會更加珍惜妳的身體才對。」

「那個，妳們兩個還是稍微冷靜一點──」

但是，她們已經聽不見我說的話了。

兩人不斷地雞同鴨講，爭執愈演愈烈。然後，終於點燃了導火線。

「正是因為有愛才會做，我才會把自己的第一次獻給司郎。正是因為有愛，司郎才會選擇我當第一次的對象。」

「才不是！」

一直戰戰兢兢的早坂同學大聲地回了嘴。「第一次」這個字眼很明顯是早坂同學的地雷。

但是對我來說，第一次的對象是橘同學，這是無可撼動的事實。

所以早坂同學才會說出過於激烈的詞彙。

這大概是她在多方學習的時候記住的吧。

「橘同學……那個……是在被當成做這種事的工具。身、身體會被當成飛機杯，用完就扔掉喔。」

「飛、飛機！」

這句話似乎讓橘同學很火大，使她做出了滑稽的反應，但她很快恢復成冷淡的表情說著。

「……司郎愛了我好幾次喔。」

她走近早坂同學身邊，手撫摸著自己的下腹部說道。

「妳不知道吧？在最後的瞬間，能夠很清楚得感覺到喔。感覺自己深深地被司郎愛著。」

橘同學說起了京都夜晚的事。

像是第一次做的時候，我因為快感過於強烈而咬了橘同學。

以及第二天晚上，我們做了很多次的事。

在訴說這些事情時，橘同學像是對自己說的話很著迷似的，開始說起平時的她不會講的話。

「在不停做那件事的途中，司郎他發現了。只要緊緊抱住我，一邊接吻一邊衝擊深處，我就會輕易地高潮呢。」

早坂同學任頭髮垂落，遮住了自己的表情。

「於是我就這麼不停地被弄到高潮。就算我說『饒了我』，他也不肯停手。妳覺得是為什麼呢？我很清楚司郎的想法喔。那就是他想把我變成屬於自己的女孩子。」

橘同學說個不停，因為她不想讓任何人說那晚發生的事情是沒有愛的。

「我腦子裡充滿快感，變得完全無法思考了呢。明明就算不那麼做，我也不會離開司郎的。不過，能感受到他滿滿的獨占欲，我也很開心，不斷地達到高潮。」

那天夜裡，我們一同前往房間的檜木浴室泡澡。接著雖然想直接就寢，但果然還是做出了同樣的行為，並在天亮前再次進入了浴室。

「因為我站都站不穩了，司郎從身後抱著我進入浴室淋浴，還幫我清洗身體。」

那個時候，橘同學露出陶醉的表情，害羞地小聲對我說道。

我想上廁所。

「我當時說想要暫時離開浴室，可是司郎不肯讓我離開。他從身後抱著渾身無力的我，開始到處亂摸。我雖然試著忍耐，但最後還是忍不住向司郎求饒，可是他還是對我做了很多舒服的事。」

我想了解橘同學的所有，想讓她展示自己的一切，想要見到許多她只屬於我的模樣。

身上沾著熱水，肌膚濕漉的橘同學無論做什麼都很美麗。

「我有在忍耐喔？一直不停地忍耐著喔？可是啊，司郎依舊不停地欺負我，最後還從我肚子下面擠了進來——」

橘同學在早坂同學的耳邊說著：

「我哭著尿了出來呢，明明已經十七歲了。」

發出了比淋浴水聲更大聲音的事、熱流經過大腿內側的事、以及明明遭到羞辱，卻莫名地有快感的事。

橘同學一一對早坂同學訴說著。

還有她鬧起彆扭，打了我一巴掌轉過身準備睡覺，但是她在被摸頭之後心情就逐漸好轉，最後抱在一起就寢的事。以及早上醒來在我懷裡，感受到幸福的事。

緊接著，她在最後說出了決定性的話語。

「已經沒有能留給早坂同學的第一次了。」

社團教室恢復了寂靜。

能聽見空調室外機的低沉聲響。

橘同學拋出了極為刺耳的話語，但是——

早坂同學卻「嘿嘿」地笑了出來。

「果然沒有愛呢。要是有愛的話一定會更加重視妳。會一邊親吻臉頰，更加溫柔地對待妳才對。」

她的語氣非常開朗。

「嘿嘿，是飛機杯呢。果然橘同學就是個被拿來洩欲的飛機杯女啊，嘿嘿。」

橘同學的眼神變得銳利，打算進一步說些什麼。

但是她卻沒有繼續說下去。

因為沒有必要。

早坂同學雖然笑得很開朗，但淚水卻不斷從她的眼裡奪眶而出。

第31話 早坂被輿論攻擊

「今年的櫻花似乎會很早開喔。」

濱波說道。

「明明天氣這麼冷？」

我抬頭仰望，天空因為寒冷而呈現一片蔚藍。

「等寒流離開似乎會變得很暖和喔，滑雪遊學沒問題吧。」

「畢竟是三月嘛。」

「要是沒下雪好像會改成登山吧？」

我今早偶然遇到了她，於是便一起前往學校。

受到冷空氣影響，濱波的臉頰變得紅通通的。

「這麼說來桐島學長，你的腦袋沒問題吧？」

「我不是在罵你笨喔。」濱波說著：

「要持續追蹤對吧？」

「嗯，下星期也要去醫院。」

自從在東京車站的樓梯上跌倒之後，我住院檢查了好幾天。因為受傷的是腦袋，之後或許會有什麼後遺症，所以要定期接受檢查。

「不過就是一般檢查而已。」

「可是你說過自己會頭痛，或是頭暈吧。」

「我本來就有偏頭痛還有點貧血，所以頭暈是家常便飯。」

「如果是這樣就好。」

我已經被告知可以正常生活，也能參加這個月的馬拉松大會。當然，醫生說要是有什麼狀況就要立刻到醫院回診。

「這件事你什麼都沒告訴那兩個人呢。」

「嗯，因為沒必要。」

我對早坂同學和橘同學都說了自己沒事。

「這算是溫柔嗎。」

「沒錯，我是個溢於言表的溫柔男人。」

「我看得見桐島學長身上散發出的溫柔，就叫你散播溫柔男吧。」

「就這麼做吧。」我說著。

「可是這樣的話，你有辦法冷淡對待那兩個人嗎？好像是叫桐島冰淇淋計畫吧？」（註：冰淇淋和軟著陸的日文發音類似。）

「是軟著陸啦。關於那件事，總之失敗了。」

這是在我的好感度降低的情況下選擇早坂同學或橘同學，減少沒被選上的一方受到傷害的戀愛軟著陸計畫。但是我沒能冷淡對待兩人，只是被迫知道自己究竟有多麼喜歡她們而已。

我一直以為這種混亂的狀況是來自早坂同學和橘同學過於龐大的好感。

但是，我其實也對兩人抱持著同樣程度的好感。

「喂，濱波妳怎麼了？眼眶怎麼那麼紅？」

「不，只是覺得能這麼快承認自己的失敗，學長也成長了呢。」

「老媽視角？」

「可是這麼一來不就無法改變現狀了嗎？」

「大概只能硬著頭皮上了吧。」

在她們其中之一做出選擇，並傷害另一個人。

「你打算好好結束掉這件事了呢。對此我雖然堅定地支持，但是桐島學長能夠平安升上三年級嗎？」

「喂，別說這麼恐怖的話。」

今天是每週一次上學日，三年級生也會到校。

濱波看著走在路上的高三生們說道。

「已經感覺像成年人了耶。」

「明明只差了一歲呢。」

我一直都這麼想。明明只是制服襯衫的鈕釦少扣幾顆，褲子穿得比較高腰，或把裙子剪短而已，學長姊們看起來就成熟到同級生無法相提並論的程度。

聽我這麼說，濱波則是回答：「那種感覺很觸動人心，不錯呢～」

濱波似乎喜歡會觸動人心的事物，現在我才注意到這點。

「再多說一點吧。」

我想了一會之後開口。

「響徹傍晚操場的金屬球棒聲。」

「真不錯呢。」

「雨天的咖啡廳。」

「再來，多講一點。」

「穿壞的球鞋。」

「棒極了！」

「沾滿灰塵的音樂盒。」

「唷，帶感工匠！」

之後我又說了許多能夠觸動人心的詞彙。濱波非常高興地說著：「你真是個詩人呢，桐島司郎！」不過，我有種非常空虛的感覺。

無論說了多少漂亮的詞彙，或是講出令人感動、富含詩意的話語，也沒有任何說服力，或是得到別人稱讚的資格。

要說為什麼，是因為我在制服底下正穿著女孩子的學校泳裝。

我現在、正穿著、女孩子的、學校泳裝。

如果只是稍微脫序的話，就能告訴濱波並期待她的吐槽。但無論如何，在制服底下穿著那種東西應該也超出了她的接受範圍吧。

◇

契機要追溯到幾天之前。

那天我和早坂同學前往某間開放校園參觀的大學。

「桐島同學，快看快看～」

走過大門之後，早坂同學立刻指著豎立的社團招牌說道。

「聽說是電影攝影社耶，感覺很好玩～」

早坂同學興奮地說著。

「夏天我們一起拍了電影短片對吧，由牧同學擔任導演。」

「《回旋踢偵探Q的溫泉推理》。」

「電影攝影社很不錯呢。」

這麼說完之後，早坂同學害羞似地露出笑容。

「我真是差勁呢，大學明明是念書的地方說。」

「沒關係吧，做任何事都是開心點比較好。」

「桐島同學太寵我了，可以多說點正經八百的話也沒關係喔。」

早坂同學說完便抱了過來。

社團教室火花四濺的那天，我還以為事情會變得很嚴重，但總算是平息了。橘同學和早坂同學似乎也覺得自己說得太過分，互相跟對方道了歉。

「對不起，早坂同學。我一時失控，炫耀起自己被司郎愛著的事了。」

「不會，用這麼下流的說法真是抱歉。雖然被洩欲之類的是事實，但還是很對不起。」

兩人眉頭微微顫抖著，臉上掛著僵硬的笑容握了手。

不過，從那天起她們就開始了彷彿互扔爆米花般，軟綿綿的戰鬥。因為兩人本來就很溫柔，所以放水得恰到好處。

橘同學利用自己在學校是我公認女友的優勢，每當下課時間就會跑來我們教室，一邊挽著我的手臂，一邊「咪～！」地叫著威嚇早坂同學。而早坂同學則遠遠地發出「哼～！」聲不停跺腳。

這麼一來橘同學感覺就像是在炫耀，使得早坂同學「嗚哇～！」地哭了出來。

「我是你的女朋友吧？」

離開補習班的回家路上，早坂同學用力握住我的手說著：

「差不多該好好跟橘同學說清楚，說你們已經分手了吧。我是覺得她很可憐才一直在忍耐喔？因為被桐島同學甩掉很可憐，所以才刻意在學校和橘同學面前沒有做出像是女友的行為喔？不過橘同學一直覺得自己是桐島同學的女朋友，還誤以為桐島同學是因為喜歡她才跟她做的——」

然後早坂同學在學校也變得毫無顧忌，開始做出符合女友身分的行為。

「我喜歡桐島同學～」

不僅會在教室當著大家的面抱住我、牽著我的手一起回家，還會在跟朋友聊天時提及直到半夜都在跟我通電話的事。

這麼一來情況開始惡化。

不道德的女孩子不受歡迎。從旁人的眼光來看，早坂同學就像是要搶走有女朋友的男人一樣。在學校裡，所有人都把我視為橘同學的男朋友。

下課期間，我在教室裡豎起耳朵，聽見了這樣的對話。

「小茜好像往奇怪的方向發展了。」

「對別人的男友出手真差勁。」

「我對早坂同學幻滅了，明明以為她是更正經的人。」

這個年底，早坂同學瞞著學校在女僕咖啡廳打工。客人之中似乎有我們學校的學生，使得早坂同學的女僕裝打扮照片外流。還有她在聖誕派對上扮成聖誕女孩，笑瞇瞇地被兩個其他學校的男人夾在中間的事，再加上跟我的曖昧關係，導致有人背地裡用「放蕩女」來稱呼她。

「嘿嘿。」

某天回家路上，早坂同學露出了無力的笑容。

「我明明是桐島同學的女朋友，只是喜歡桐島同學而已，卻被大家說得很難聽。到底是為什麼呢，哈哈。」

我一句話也說不出來。

「想點辦法吧。」

接著隔天，酒井找我出來這麼說著：

「小茜的風評愈來愈差了，要是她因此變得病態我可不管喔。」

於是帶著讓早坂同學宣洩壓力的意圖，我們來到了大學參觀。

這個方法很有效果，藉由讓她在學校以外的地方獨處，做出符合女友身分的行為，早坂同學恢復了精神。我今天打算找個機會，告訴早坂同學在學校要低調一點。

「桐島同學，走吧～」

「嗯。」

我牽著早坂同學的手走進校舍。

我們沿著校園導覽參觀校內設施，在講堂聆聽系所說明，也聽了學長姊們的介紹。在想讀理工系的早坂同學前往研究室參觀時，我決定暫時獨自行動，這次會來參觀開放校園，還有一個目的。

「抱歉，我想去找個人。」

聽我這麼說，早坂同學笑著回應「可以喔」。

「我會去參觀各種研究室，增加幹勁！」

早坂同學的心態非常健全。一旦兩人獨處，她就會變得如此率直且可愛。

我走出大樓，坐在設置在講堂前大櫸樹下的長椅上等了一會。不久後一名髮色鮮豔的女性走了過來，坐在我旁邊。

她是在橘同學母親經營的酒吧打工的大學生。

國見小姐。

◇

「妳換髮色了呢。」

「怎麼樣？」

「很適合妳。」

國見小姐之前的頭髮是粉紅色，現在則變成了藍色。耳環的數量也增加了。

「我們大學怎麼樣？」

「很安靜，是個很棒的地方呢。」

「考進來吧。」

「說得真簡單呢。」

國見小姐是個在打工時也會自己倒啤酒喝的差勁大學生。

但她其實是號稱智商一八〇的《戀愛筆記》作者，就讀的這所大學也是無庸置疑的難考學校。

「等你考上大學回來打工，再一起削馬鈴薯皮吧。」

我用打算認真應付考試當理由，過完年後便辭掉了打工。

因為我在病房裡把這件事告訴了老闆玲女士，導致跟國見小姐草草分別了。所以才想趁大學開放參觀的機會，再次跟她打聲招呼。

順帶一提，玲女士簡單地答應了我的辭職。只說了：「畢竟女兒的男友落榜也很麻煩啊。」玲女士是個成年人，早就發現了我們的關係十分混亂。所以才用「女兒的男友」這個詞彙來提醒我。

聽我講出這件事後，國見小姐輕輕地笑了出來。

「看來如果不選那個身材纖細的女孩子，你就沒辦法回來打工了呢。」

然後我們開始說起彼此的近況。

時間流逝，當早坂同學參觀完研究室時，我提出了一直想問的問題。

「妳還在做《戀愛筆記》嗎？」

「是啊。」

「理由是因為還沒完成對吧。」

《戀愛筆記》是戀愛的奧義書。但到了這一步，我發現了其中的要素有所不足。《戀愛筆記》上的確記載了讓男女增進感情的方法和心理學相關內容。可是仔細想想，任何事情既然有開始就會存在結束，而《戀愛筆記》很明顯地缺乏了關於愛情終點的考察。

「誰知道呢。」

「我沒有想得那麼深入。」國見小姐說著。

「但如果將戀愛視為一個體系，不光是《戀愛筆記》，毫無疑問世界上所有對戀愛的考察對於收尾部分總是草草了事。」

我們需要的是正確結束戀情的方法。

「桐島的狀況倒是有個簡單的方法。」

「是什麼呢？」

「東京車站那時情況很不妙吧？」

國見小姐似乎從玲女士那裡了解了情況。

由於玲女士支付了病房的費用，因此知道一切。

「那個壞掉的女孩子，把真正的事情給忘記了對吧？」

這就是我沒對任何人說的真相。

並不是曲解事實，而是將東京車站發生的部分記憶完全消除了。

「只要把真相告訴本人，我想她就會主動退出了。其中一個人走了，另一個留了下來，事情完美解決。」

「我沒辦法那麼做。」

「說得也是。既然會選擇忘記，就代表一旦回想起來，事情可不是區區壞掉就能了事的。」

所以我才刻意不去觸及那方面的事。跟那個真實相比，讓她深信自己被選上只不過是件小事，不過——

「這麼一來，嗯，真麻煩呢。」

正如國見小姐所說，我無法對兩人冷淡。這樣我真的能夠做出選擇，讓事情滿意地落幕嗎？

「那麼我就把這個給桐島你吧。」

國見小姐將一張折了四次的活頁紙片遞給我。

「這是什麼？」

「新的戀愛遊戲。」

別莫名其妙塞這種東西過來啦。

「這可是我在課堂上不惜犧牲睡眠想出來的。」

國見小姐即使上了大學也繼續在製作《戀愛筆記》。那被稱為《真・戀愛筆記》，威力遠勝過她就讀高中時做的內容，據說這張活頁紙片的內容也被收錄在其中。

聽她這麼說，總覺得這張紙片上傳出了詭異的瘴氣。

「咦，我不需要。」

「別管那麼多拿去吧，它一定能幫上桐島的忙。」

國見小姐一邊說著像功夫電影師父說的話，一邊將紙片塞進我外套的口袋裡。對此我只有不好的預感。

「不用，還給妳。」

「拿去吧，我保證你會有段痛快的時光。」

「痛快？真可怕！」

當我們像這樣爭執不休的時候，遠處能看見早坂同學從研究所走了出來，正在尋找我的身影，但由於沒找到我，她開始不安地東張西望。

「快點過去吧。」

國見小姐一邊這麼說，一邊好好地將紙片塞進我的口袋。因為實在沒辦法，我就這麼站了起來。

最後，國見小姐意味深長地說著。

「雖然桐島似乎有很多事情想做，但那未必是對方所期望的喔。尤其是在『這麼做肯定沒錯』的時候最好小心點。你膚淺的想法會被看穿喔。」

這時候的我不懂她話中的涵義。

直到返回車站的路上我才明白。

「回家之後要好好用功了～！」

參觀大學之後，早坂同學充滿了幹勁。

我覺得自己在做的事情非常正確。不僅早坂同學在努力用功，橘同學最近也很努力練習鋼琴。

大家都在積極往將來邁進。所有人都在朝著幸福的未來，一點一滴地解決問題，就像在解開棋譜一樣。

因此我也試圖解決那個問題。

「早坂同學，在學校我們稍微保持點距離吧。那個，雖然難以啟齒，但學校大家果然還是覺得我在跟橘同學交往。」

接著我委婉地說出因為早坂同學介入，她的風評變得愈來愈差的事。即使是藝人出軌，大家也會擁護原妻子，斥責出軌對象。

我打算保護早坂同學，不過——

「桐島同學真是個人渣呢。」

早坂同學挽著我的手臂，語氣開朗地說著。

啊，這是那個吧，我好像踩到地雷了。

「你還會在意大家的評價啊。明明我即使被人指指點點也想維持女友身分，桐島同學卻因為在意面子不肯那麼做，想維持正面的形象啊。都走到這一步了說，感覺好奇怪！」

早坂同學笑著說。

「總覺得好感慨喔。要是能一起努力念書就是誠實、正確的，這麼一來桐島同學就會獨自覺得很高興。可是桐島同學總是不肯給我真正想要的東西。不，桐島同學其實是有打算給我的，不過總是會因為在意他人的目光而打退堂鼓。雖然嘴上說不會被世間價值觀束縛，但卻是最在意的那個人。我就算變成搶人男友的女孩子又怎樣？其他人愛怎麼說都隨便他們。」

此時早坂同學用食指摸著下巴，陷入了沉思。

「該怎麼做桐島同學才不會在意其他人的看法，才會好好成為我的男朋友呢？」

「對了！」早坂同學大聲地說著：

「只要兩個人一起讓人幻滅就好了！讓大家發現我一點都不乖，是個壞孩子，桐島同學也是個人渣就行了！讓大家知道我們做過的事情就行了！這麼一來大家肯定會拚命責備我們！畢竟都有我只是稍微把裙子剪短，就生氣地說著『這樣才不像清純的早坂同學』的人在嘛。」

我思索著。

這種感覺真是久違了呢！早坂同學放得太開了！

「然後呢，一旦被拚命指責到沒有面子，桐島同學也不再會有所顧忌了吧？哇啊，真不錯呢。只要桐島同學被大家討厭，變得孤身一人就好。這麼一來桐島同學就只屬於我一個人了。」

「不，這麼一來早坂同學也一樣啊。」
「為什麼？為什麼桐島同學要擔心我呢？」
早坂同學露出一副真心感到不解的表情說著。
「桐島同學很喜歡傷害我吧？很想看我變得遍體鱗傷的模樣吧？嘿嘿，沒關係的。只要桐島同學願意當我的男友，我被怎麼對待都無所謂。只要簡單的擁抱就很幸福了。」
「怎麼做才會被責備呢……」早坂同學說著。
我則是思考著該如何阻止早坂同學。
「對了，就把為了桐島同學拍的影片傳出去吧。」
「等一下，那個真的不行啦。」
「為什麼？我從國中開始就一直被人當成配菜喔？像是穿體育服，或是泳裝的時候，總會在不知不覺被拍照，然後被大家傳閱。」
「把影片給他們看就行了吧？」早坂同學說道。
「哇啊，這真棒呢。因為我一直喊著桐島同學的名字做，大家都會責備我吧。不過，這樣就能一起變得一塌糊塗，讓大家知道我們是一對男女朋友了吧。」
早坂同學的自我毀滅欲望正不斷加速。
我試圖用自己不希望早坂同學變得不幸的說法制止她，但在我跟橘同學也維持著關係的情況下，無論說什麼都沒有說服力。但我不想讓早坂同學繼續受傷也是事實，於是我便開了口：
「知道了，我會讓自己變得一塌糊塗，做出連在意面子都會覺得蠢的事情。所以早坂同學請更珍惜自己一點。」

不過，該怎麼做才好呢？

早坂同學希望我被眾人責備顏面盡失，變成孤零零的一個人。但是又不能犯法。

正當我想到這裡時，早坂同學說道。

「……那就穿吧。」

「穿什麼？」

「我的學校泳裝。」

◇

那是美術課發生的事。

因為是選修課，所以班級不同的橘同學也在這裡。早坂同學、酒井、牧也在課堂上。

以前上美術課時，我們會不自覺地聚在一起聊天。早坂同學會興致勃勃地說個不停，酒井則不知是否有在聽地附和著她。牧會隨便找話題講，橘同學則是一臉若無其事地戳著我的腳。

雖然這並不代表大家感情很好，但存在著一種輕鬆的聯繫，能度過一段舒適的時光。

可是現在大家已經不再交談，只是一味地看著素描簿。

等到某天，我能夠把當時的事當作青春的一頁回想起來嗎？

雖然這麼想著，但我大概沒資格沉浸在回憶裡。也無法把這間美術教室當成一段美好的回憶，要說為什麼——

因為現在我的制服底下穿著女學生泳裝。

而且還在當素描模特兒。

我在圍成一圈就坐的大家中間擺著姿勢，他們大概在觀察我制服的皺褶，思考著該如何下筆吧。甚至不知道衣服底下還穿著女學生泳裝。

我目前的姿勢和那著名雕像「沉思者」一模一樣，而擺出這個姿勢的我滿腦子都是「泳裝尺寸太小有點痛」，或是「襯衫底下該不會已經穿幫了吧」之類的事。

就算是羅丹，恐怕也無法想像在遙遠未來的日本，會有個高中男生會在制服底下穿著女學生泳裝模仿這個姿勢吧。

但是接下來我必須進一步打開地獄之門。

要在大家面前脫掉制服露出底下的女學生泳裝模樣。

這就是早坂同學的要求。

在參觀完開放校園的大學後，早坂同學說著。

「桐島同學也變得悲慘吧。」

我們再次來到百貨公司頂樓乘坐熊貓車。這次早坂同學坐在後面，緊貼著我的背部。

百貨公司樓頂一直都是黃昏。

受到氣氛影響，我說出了一直避而不談的話。

「其實妳很清楚吧。」

無論是我不知道禁止偷跑懲罰內容的事、不跟早坂同學做並非是因為珍惜她的身體這種漂亮的理由、堅信自己才是被我選上的女友，以及健全早坂同學，這一切——

「都是在演戲吧。」

早坂同學把臉貼在我背上，「嗯」了一聲回答道。

「因為，不這麼做就沒辦法把桐島同學留在身邊嘛。第一次全部都被橘同學搶走，全盤皆輸了嘛。」

「可是只要我壞掉的話，桐島同學就會一直陪著我。」早坂同學說著。

「桐島同學喜歡可憐的女孩子呢。」

她似乎跟橘同學聊過什麼。

「桐島同學小時候就見過橘同學了吧。」

沒錯，暑假時我住在親戚家。在親戚家附近的公園裡，我遇見了橘同學。

「橘同學說了喔，『司郎會跟我搭話，是覺得我一個人很寂寞』。」

我回想起當時的記憶。當時公園裡有很多孩子在玩，不過，唯獨橘同學一個人坐在攀爬架上，一副無聊的表情。

「桐島同學喜歡可憐的女孩子呢，你有這個傾向。」

「我沒那個打算就是了……」

「所以啊，我必須變得比橘同學還要可憐，壞得比橘同學更徹底才行。」

「即便如此，傷害自己也不太好。」

「夠了，別再講那種誰都會說的話。」

「我想橘同學也很清楚——」早坂同學繼續說著：

「桐島同學打算做出選擇對吧？你是考慮到我們的將來，打算整理我們的關係，好讓一切圓滿落幕對吧？」

「而且感覺非常讓人生氣。」她這麼說。

早坂同學不停用頭撞著我的背。

「你為什麼要跟橘同學做呢。」

她的語氣雖然開朗，但帶著哭腔。

「就算桐島同學現在選擇了我，總覺得也很悲哀。因為跟橘同學彼此都是第一次，是為了保留那美好的回憶才會留在我身邊對吧。」

據說她在知道我和橘同學做了之後，也想要跟我做。

「但是，我認為自己做不到。畢竟很可怕嘛。你是透過橘同學的身體來初次了解女孩子，那絕對非常特別。如果被拿來比較，我想自己無論如何都贏不了嘛。」

早坂同學從背後緊緊抱住了我。

「現在也是一樣。我一邊觸摸著桐島同學的身體，一邊一直想著自己能不能做到最後，但果然還是很害怕。害怕自己跟橘同學做比較，會讓桐島同學失望。」

「明明我無論是被選上還是做其他事，都已經是第二名了。」早坂同學說著。

「可是桐島同學卻一臉認真地打算做出選擇，並想在做出選擇後擺出一副得出結論完事的表情。這太讓人火大了、不可原諒，我最喜歡也最討厭桐島同學了。即使如此，如果沒被選上我還是會哭出來，但就算被選上了，要是桐島同學因此把橘同學的事當成美好的回憶，感覺又不太對。」

她一邊這麼說，一邊在熊貓車上擺動著雙腳。

早坂同學小時候曾在這裡感受來自父母的關愛，並且露出笑容。

我希望能夠延續她的幸福，希望她能露出陽光般燦爛的笑容。

「知道了，我會讓自己變得悲慘，被所有人嫌棄，直到無法再裝出做正確事情的樣子。所以，請妳更加珍惜自己。」

我想早坂同學是真心喜歡著我。正是因為喜歡，非常愛慕我的關係，才會想將我給弄壞、希望我能夠墮落，想愛著變成孤身一人的我。我是這麼認為的。

畫面回到美術教室。

課程逐漸接近尾聲。

我差不多必須把制服給脫掉了。

這下美術教室肯定會變成地獄吧。我會玷汙大家對校舍的回憶，或許會有女孩子因為太過誇張的光景哭出來也說不定。

但是，我非得這麼做才行。

對早坂同學而言，女學生泳裝代表某種象徵。大家一方面期待她保持清純，一方面又對這種穿著抱持著欲望。

透過我穿著女學生泳裝在大家面前展現丟人的模樣，來代替早坂同學破壞那種印象跟形象。代替她進行破壞。

只要這麼做，我就能拯救一直為清純標籤所苦的早坂同學……想到這裡，我突然回過神來。

不，這果然只是早坂同學的暴投吧？

穿女學生泳裝搞不好會讓人覺得有趣。

這不就是她平時的餿主意嗎？

我開始尋找不做的理由。

但如果不這麼做，早坂同學肯定會變得更加陰沉。

最近的下課時間，她在大家面前說了一些過激的發言。

像是「我喜歡接吻」、「我去過愛情賓館喔。」

藉由這麼做，讓自己的評價愈來愈差。再這樣下去，早坂同學的學校生活環境將會變得非常糟糕。

我必須避免這種情況。

因此為了讓自己看起來慘不忍睹，我將手放在襯衫鈕釦上，打算脫下制服。就在這個時候——

早坂同學起身放下素描簿，接著走到我的面前。

「不做也沒關係的。」

她抓住了坐在椅子上的我肩膀。

「果然還是不能只讓一個人變得悲慘呢。」

早坂同學這麼說道，接著在我開口制止之前吻了上來。

我驚訝之餘，一邊覺得如果此時把她推開，早坂同學肯定會受傷。當我想到這裡，早坂同學將舌頭伸了進來。

「所以就一起變得悲慘吧。」

隨後她將身體壓了上來，將我壓倒在地親吻著我。

這是個只有我們兩人獨處時才會做，探索著彼此的口腔，交換唾液，充滿濕度與感情的吻。

早坂同學，妳在做什麼啊！

老師和學生你一言我一語地起了騷動。

但是早坂同學不予理會，繼續吻著我。同時跟往常一樣，變得愈來愈興奮。

「嗚啊啊啊……桐島同學……嗚啊啊……」

她呻吟著撐起身體，用徹底會讓人聯想到那種行為的姿勢，嘴角一邊流著唾液，一邊不由自主地扭著腰。

接著——

她在大家的中間——

在眾目睽睽之下，開了口。

「好想要喔……好想跟桐島同學，愛愛喔……」

◇

幾天後，早坂同學一臉沮喪地漫步在走廊上。

「我或許會被停學。」

理由不是美術教室的事。在那之後，我跟早坂同學都被叫到了教職員室。學務主任和班導對我們做的事既不生氣也不同情，只是平淡地用「十幾歲的敏感時期」之類事務性的詞彙來提醒我們。還刻意若無其事地擺出一副「從成年人的角度來看，你們做的事雖然無法理解，但並不讓人吃驚」的表情。

早坂同學會被停學則是因為其他理由。

「好像有人把我打工的事情告訴了老師。」

似乎還細心地附上了她在女僕咖啡廳工作時的照片。

「老師對那件事大發雷霆，問題似乎很嚴重。」

我想大概是因為違反校規打工存在淺顯易懂的制式化的處理方式吧。制式化的說詞，制式化的生氣，就像在照本宣科一樣。

「原來我沒有『乖寶寶存款』呢。」

早坂同學說著。

「那是什麼？」

「代表我就算一直照大家的期望當個乖孩子，也完全沒有意義。結果只是讓人方便利用，讓大家開心而已。無法滿足自己的早坂同學，即使有人告狀或是被怎麼對待都無所謂喔。」

「啊～啊～」早坂同學無力地露出笑容說著。

「實在很想兩人獨處呢。」

早坂同學打算主動把自己弄得一團糟。

但她果然不習慣這種狀況，以至於相當沮喪。畢竟她之前都很聽話，會這樣也是當然的。每當下課早坂同學前往輔導室時，都會有人在背後指指點點，或是冷淡地跟她交談。

表面上她依然過著普通的日常生活。

但是，早坂同學至今的形象已經崩壞了。

她的女性朋友明顯變少，經常能看見早坂同學獨自一人或是跟酒井待在一起。由於已經失去作為可愛象徵的功能，所以就不被需要了。

男生對她的看法也有了改變。至今把她視為理想老婆的清純印象已不復見，只剩下肆無忌憚的下流想法。會讓人聯想到性方面的女孩子，總容易被人隨便對待。像是用「這種程度沒關係吧」的親近態度跟早坂同學搭話，或是在叫住她時撫摸她的肩膀。不光是肢體接觸增加，對話中也開始出現許多下流哏。

「不過沒關係，這樣就行了。」

早坂同學這麼說著。

即使如此，我仍希望能幫早坂同學挽回形象，但雖然這麼說，我既沒有什麼好主意，也沒有那個餘力。

畢竟硬要說的話，我的情況還比較糟糕。

我徹底被當成了腳踏兩條船的男人，是個被大家討厭的人渣。

「桐島，這是怎麼回事？」

某天午休，一群愛管閒事的女孩子帶了人跑來找我。

「橘同學她一直趴在桌子上耶？」

對此我很為難。理由是無論怎麼說明，她們肯定都不會接受，而且從我們的角度來看，也沒有說服她們的必要。

但由於我和橘同學是受到大家關注的文化祭情侶，因此我也理解她們想要抱怨的心情。不，與其說是理解，不如說是從世間對戀愛的關注方式以及對新聞的反應，接受了這樣的事實。橘同學得到支持，我和早坂同學受到指責是很正常的反應。

早坂同學坐在遠處的座位上，露出一副像是在說『對不起喔，都是我做了奇怪的事。』的表情。

我喜歡她們兩個，為了能讓所有人幸福而展開行動。但事情為什麼會變成這樣呢？

不管怎麼說，我都想讓周圍的狀況平靜下來。就在我這麼想的時候。

「桐島並沒有錯。」

那個人颯爽地走進教室，用清澈的聲音吸引了大家的注意。

「錯也不在小早坂身上。」

是柳學長，他看著我們這麼開口。

「兩人並沒有做出任何奇怪的事。桐島沒有花心，小早坂也沒有橫刀奪愛。」

他們並不是在談大家討厭的不倫戀愛，因為——

「桐島是在恢復單身之後才跟小早坂交往的，這很普通吧？」

「錯的人是我。」柳學長這麼說著。

「別再責備他們兩個了，原因出在我身上。是我主動接近有男朋友的女孩子，拜託她分手和我交往的。」

結果就是——

學長大聲地說著。

「我現在正在和橘光里交往。」

教室恢復了寧靜。

我開始思索著。

這下事情會變成怎樣呢？

第32話 情侶輪替

這是某個週末上午發生的事。

我跟濱波一起前往市中心，一起在開店前的運動鞋店門口排著隊。

「不好意思，一大早特地讓你跑一趟。」

「沒關係啦。」

濱波的男友吉見的興趣似乎是收集球鞋。雖然今天是海外限定款式的發售日，但吉見得參加籃球社的練習，所以我和濱波才會出現在這裡。

「桐島學長，請用這個。」

她遞了一瓶罐裝咖啡過來。

「這是小費。」

目標的球鞋很受歡迎，要是沒抽中名額是買不到的，因此為了盡量提高抽中機率，她才把我叫了過來。

「不過濱波也很努力了，為了男友一大早就開始排隊。」

「我不否認。」

濱波雖然擺出一本正經的模樣，但依舊很害羞似的拉低了附有耳罩的毛線帽，臉頰通紅地吐著白色的氣息。

這個晴朗的冬天早晨，空氣十分清爽。

「話說回來濱波，妳不是有事想問我嗎？」

「不，沒什麼想問的。」

濱波若無其事地別開視線。

「不，肯定有吧。那件事絕對在一年級也傳開了。」

「我不知道耶～」

「妳不想知道嗎～」

「買完球鞋就快點回去吧～」

「柳學長走進了教室。」

我說到一半，濱波伸手摀住了耳朵。

「說起在那之後發生了什麼——」

「啊～啊～啊～啊～啊～」

比起說了什麼，更重要的是說話的人。

柳學長當著所有人的面，宣言自己在跟橘同學交往。

『全部都是我的錯。』

柳學長描繪的故事是這樣的。他一直喜歡著橘同學，並且強硬地說服了跟我交往的橘同學變心。早坂同學鼓勵了消沉的我，於是我便和她開始交往。

因為說的人是柳學長，教室裡也產生一種「嗯，大概就是這麼回事吧」的氛圍。就像是出現了一種簡單易懂的結論，因此不需要繼續多說什麼的感覺。

我和早坂同學。

柳學長和橘同學。

這個組合表面上符合了世間的價值觀。關係都是一對一，而且是在分手之後才跟另一個人交往。只有柳學長背負了勾引有男友女孩子的罵名。但柳學長並不是個會被旁人說閒話的人，更重要的是他已經高三，很快就要畢業了。

這是個為了彌補形象，勉強合理的方法。事情也因此落了幕。

但是唯獨對於班級不同的橘同學而言，這件事就像青天霹靂吧。

放學後，我們決定在離學校很遠的咖啡廳集合。

我和早坂同學並肩在四人座的桌前坐下，柳學長則坐在對面。沉默了一會之後，表情冷淡的橘同學走進店裡。

她快步走了過來，接著拿起放在桌上的水杯，一言不發地潑向柳學長。

「抱歉。」

柳學長用手帕擦著臉說著。

「我有話想說，妳能先坐下嗎？」

橘同學依然瞪著柳學長。

「妳想讓桐島以腳踏兩條船的名聲度過剩下的高中生活嗎？」

聽學長這麼說，橘同學粗魯地將書包放在桌上坐了下來。

「可以告訴我是怎麼回事嗎？桐島應該是在跟小光交往才對。為什麼事情會變成這樣？我應該有知道的權利吧。」

回答的人是早坂同學。

「我呢，曾經喜歡過柳學長。」

柳學長露出了複雜的表情。

「可是呢，因為覺得這段戀情無法實現，便去找桐島同學商量。之後我漸漸喜歡上桐島同學，跟他有了一定程度的關係，但桐島同學的初戀實現，開始跟橘同學交往——」

早坂同學含糊其辭地說著。或許是不想讓橘同學知道她是我第一順位的女孩子也說不定。

柳學長聽完之後嘆了口氣。

「你居然一直在做那麼半吊子的事嗎。」

「對不起。」

「小光也是在知道這件事的情況下和桐島交往的嗎？」

橘同學什麼話都沒說。她非常喜歡能在學校正大光明地以女友身分歌頌青春。現在這件事情被破壞，導致橘同學非常生氣。

沉默持續了一段時間。

最終由柳學長開了口。

「要不要暫時用這個組合試試看？」

這是柳學長為了彌補形象，由我和早坂同學，學長和橘同學搭檔，試著暫時假裝交往的提議。

「絕對不要。」

橘同學強烈地表示拒絕。不過，柳學長沒有放棄。

「這是我最後的請求。」

他這麼說著低下了頭。橘同學顯得有些困惑。她不擅長應付對方放下矜持和面子向她提出要求的情況。

「到我畢業為止就好。就算有期限，我也希望妳能跟我交往。這麼說雖然很卑鄙，但我認為自己為小光付出了很多。看在這個面子上，給我一次機會吧。要是到畢業為止妳都對我沒意思，我發誓，自己就不會再出現在小光妳面前了。」

橘同學像是不知道該如何是好似的，為難地皺著眉頭，視線游移不定。

然後用一句「說實話——」當作開頭說道。

「柳你跟早坂同學商量過關於戀愛的事對吧？」

「嗯。」

「要是被我甩掉，你打算跟早坂同學怎麼做？」

學長露出鬆了口氣的表情，老實地說。

「我想自己一定會拜託小早坂跟我交往吧。」

橘同學暫時露出了嚴肅的表情，最後用非常冷靜的語氣說著。

「我想跟早坂同學兩人聊聊。」

因為她這麼說，我和柳學長走出了店外。

我們在門口一言不發地玩著手機。

然後，柳學長先開了口。

「小光大概會接受這個提議。這是為了守護桐島的名聲，也是為了還人情，好讓我從她的人生中徹底消失。」

就算只是暫時的，但只要成為柳學長的女朋友，周圍的人大概就會認為橘同學不專情，但她多半不會在意這種事。

「剩下兩個月，我一定會讓小光對我有意思。」

學長自言自語地說著。

但是她們兩個卻得出了出乎意料的結論。當我和柳學長收到可以回去的簡訊，返回座位之後，橘同學開了口。

「第一個月由我，下個月則是由早坂同學和柳交往。」

「咦？」

柳學長不解地出了聲。

我也驚訝地看著她們。

橘同學保持著冷靜的態度，早坂同學則用力地點了點頭。

也就是說——

她們要輪流當柳學長的女朋友。

◇

「嗚～嗚～」

「濱波，妳幹嘛哭啊？」

「還、還、還、還、還不是因為你講了這麼恐怖的事情～！」

運動鞋店開門，我們兩個正在收銀台前排著隊。

雖然濱波沒抽到，但由於我抽中了所以還是能夠購買。

「有這麼可怕嗎？」

「當然可怕啊！咦？為什麼要一副搞不懂的樣子？你把倫理和社會常識忘在某個地方了嗎？」

橘同學和早坂同學將會輪流當柳學長的女朋友，而她們在沒跟柳學長交往時就會是我的女友。

「頹廢的氣息也太濃了！請別把東京變成悖德的城市！索多瑪與蛾摩拉！」（註：舊約聖經中的萬惡之城。）

濱波發出慘叫，這吐槽還是老樣子很俐落呢。

「橘學姊和早坂學姊究竟是抱著什麼心情輪流跟柳學長交往的啊！或者說，這種輪流真的能好好執行嗎？」

「為此我們制定了規則。」

「出現了，規則！」

我們四人一起商量，決定了輪流交往的規則。

第一點是期限是直到柳學長畢業前的兩個月為止。第一個月是柳學長和橘同學、我和早坂同學交往。接下來的一個月是柳學長和早坂同學，我和橘同學的組合。

第二點是不能做出比擁抱更進一步的事，也禁止接吻。這種交換只是個測試，也禁止太超過的行為。

第三點是要盡可能四人一起約會。兩人單獨約會時，要定期傳照片給另外兩人。這是為了確認是否有好好遵守第二項規則。

契機是柳學長拜託橘同學給自己最後一次機會。

但是現在已經出現了其他情況，恐怕橘同學和早坂同學都有著自己的打算，然後——

「難不成桐島學長，你打算利用這個機會實施軟著陸嗎？例如抱持著因為做選擇會傷害另一個人，那麼只要那個人自然地跟柳學長在一起，事情就能圓滿解決——」

我用沉默當作肯定，下個瞬間——

「學不乖！還是一點都學不乖！桐島學長的目的從來沒有達成過！」

「或許就是為了這只有一次的成功，才會一直不停失敗至今也說不定。俗話說失敗是成功之母嘛。」

「要是知道會被你這種傢伙拿來用的話，愛迪生大概就不會說出這句話了！」

濱波這麼說完，喘了口氣調整心情。

「玩笑話先放一邊，我無法想像那究竟會是什麼感覺耶。」

「昨天我們立刻就四人一起出門了。」

「嗚哇⋯⋯⋯⋯那麼，你們去了哪了？」

「室內游泳池。」

是休閒用的溫水游泳池。空間很大，甚至還有造浪池。

「當然，兩個女孩子都穿著泳衣吧。」

我「嗯」了一聲當作回答。

早坂同學和橘同學都穿著相當養眼的泳裝。

那一天，我們在車站集合前往游泳池。

雖然四人同行，但那並不是雙人約會。只是為了防止彼此的對象違反規則做出過激的行為，待在同一個空間裡作為牽制而已。

所以我們在泳池邊集合之後，立刻就分頭行動了。

早坂同學面對滑水道相當興奮。

「擁抱是沒問題的喔～」

聽她這麼說，我從後方抱住早坂同學從滑水道滑了下去。這麼說來，我還是第一次見到早坂同學穿泳裝。

但只要稍不留神，我的視線就會轉到橘同學身上。

橘同學在稍遠的泳池裡和柳學長練習游泳，她並不擅長游泳。

她將雙手交給柳學長，臉浸在水裡，雙腳不停擺動。

橘同學只要被我以外的男人觸碰就會嘔吐。但對象如果是柳學長，只是被握住雙手，或是觸碰肩膀是不會吐出來的。

但比起這個，讓我心痛的是每當橘同學換氣時，她總是露出一副難受的表情抬起頭來。

橘同學平時表情總是十分冷淡。但是她目前卻在柳學長面前露出了其他表情。濕漉漉的頭髮、沾濕的肌膚，這一切明明是只屬於我的才對——

我不禁產生這種想法。

更近一步的事，發生在早坂同學挽著我的手臂，一起在造浪池散步的時候。當時我的注意力集中在早坂同學身上，但她卻開口這麼說著。

「快看，他們在練習蛙式。」

我沿著她的視線一看。只見橘同學雙手抓著池邊，身體浮在水面上。柳學長從後面抓住她的腳踝，模仿蛙式的姿勢動著手。

「真誇張的姿勢呢。」

我相當吃驚。

由於教的是蛙式，橘同學正一邊向後看，一邊反覆做著開腿的動作，而且在柳學長的引導下大大地張開雙腳。

「他們的表情好像有點害羞耶？」

早坂同學在我耳邊小聲說著。

「柳學長從後面讓橘同學擺出那種姿勢，肯定是故意的吧。他到底在看哪裡呢？是那雙白皙的腳，還是纖細的腰呢？話說回來……橘同學的泳裝，布料很少耶。那麼大膽地張開雙腳，不會走光嗎？」

柳學長完全是用男友的距離來對待橘同學。

學長觸及了只有我能觸碰的女孩、只有我能欣賞的肌膚、只有我能靠近的領域。她明明是只屬於我的女孩才對——

雖然早坂同學就在我身邊，而且現在她才是我的女友，但我滿腦子卻都是變成了學長女友的橘同學。

然後，不曉得她是否察覺了我的想法，早坂同學再次小聲地對我說著。

「橘同學，不擅長被人強迫呢。」

確實，橘同學喜歡被人強硬對待。

「柳學長想用那個姿勢，從後面張開橘同學的腿做那種事呢。」

我回憶起京都夜晚，自己對橘同學做過的事。

「橘同學的一切，或許都會被覆蓋上去呢。」

聽她這麼說，我不禁開始想像。

橘同學穿著單薄泳衣，從後面被人強硬對待，難受地呻吟著的模樣。

雖然那是不可能發生的事，但要是我放棄橘同學，這就是理所當然的未來。

即使我沒有放棄，學長肯定也想那麼做。

在決定情侶輪替的順序之後，柳學長在只剩下我跟他兩人的時候這麼說道。

『我不會遵守規則的，要是覺得可以的話，我就會出手。』

◇

「喂～快回神喔～！桐島司郎～快回來～！」

「啊！」

在濱波的呼喚下，我的意識回到了運動鞋店。

「你一直眼神呆滯地喃喃自語喔。已經結完帳了，謝謝你。」

「我在幹什麼啊……」

濱波很重視地抱著運動鞋的盒子。

看來我似乎太過沉浸在游泳池發生的事情裡了。

「話說回來桐島學長，你一直在用手機是在做什麼呢？」

「在看橘同學和柳學長約會的照片。」

基於在兩人約會的時候，必須定期傳送照片給另外兩人的規則。

因為我和早坂同學有在補習，四人要經常聚在一起十分困難。

但是，柳學長必須在有限的時間內攻陷橘同學，所以他們時常約會。因為這個緣故，兩人一起出遊的照片愈來愈多。

像是橘同學和學長一起逛書店、一起去看足球比賽，甚至還有牽著手的自拍，以及十指相扣的照片。畫面上橘同學的表情一成不變。

「為什麼呢，看著這些照片，就有種輕飄飄的感覺。明明很難過，卻想著要多看一點。當然我也覺得自己不該看，但回過神來就已經看了……」

「你這個大笨蛋！」

濱波搶走了我的手機。

「你的腦袋不是很順利地被破壞了嗎！這樣很不妙吧！你們幾個正在做比吸毒更危險的事情喔！」

濱波一邊說著，一邊依序看著照片。

「不過，就算拍了照片，也不能證明他們什麼都沒做對吧？舉例來說，不覺得這張照片的橘同學臉很紅嗎？就像是激烈活動過身體的感覺……總覺得衣服也有點凌亂……啊啊，這張是吃起司燉飯的照片嗎，肯定很燙吧。畢竟她眼角泛淚，嘴角也流出了白色黏稠的東西嘛。不過，這個白色的東西，真的是起司燉飯嗎？柳學長也跟她在一起對吧？這個，該不會是柳學長的……呃，開玩笑的啦，開玩笑！只是在捉弄你而已！請別露出像是浮在水面上的死魚般的眼神啦！」

這個輪替才剛開始而已，如同喝醉的感覺卻十分強烈。濱波說我的腦袋被弄壞了，或許真的是這樣。

目前我正在走路，但卻感覺不到自己的腳在動。思緒一直會跑到橘同學身上。橘同學，妳到底打算做什麼呢？橘同學、橘同學。

「啊，橘同學，妳在這裡啊。我有些事想問妳。」

「我是濱波！」

橘同學像濱波一樣發出慘叫。這個橘同學，吐槽很有水準呢。

「請快點恢復正常！橘學姊不在這裡！」

「啊啊，她不就在這裡嗎？拿著色彩繽紛的運動鞋……」

「橘學姊不是會穿彩色運動鞋的人吧！」

我朝著身高略矮的橘同學走了過去。

「喂！桐島！不要給普通人添麻煩啦！笨蛋！」

擅長吐槽的橘同學打算阻止我，但我毫不在意。

我把手放在橘同學肩膀上向她搭話。

「嗨，橘同學。」

一頭短髮，外表有些稚嫩的橘同學轉過頭來。

「哎呀，這不是桐島學長嗎。真是巧呢。」

這個人是橘同學的妹妹小美由紀，也就是橘同學。

◇

我和濱波、小美由紀三人走在大街上。

在運動鞋店裡，小美由紀這麼說了。

『我有件事想跟濱波學姊商量。』

她看起來無精打采的樣子。

「那雙運動鞋，不買真的沒關係嗎？」

濱波邊走邊問著，小美由紀並沒有買下她在店裡拿著的那雙少年風格的彩色運動鞋。

「沒關係的，我不是真的想要。」

據說她以前的確喜歡那種男生會穿的運動鞋，但現在她想要穿著更加有女孩子風格的款式。

這個變化似乎讓她很煩惱。

「我從小就很活潑，所以有很多男性朋友。可是最近他們都不陪我玩了。其實剛剛班上的男同學們要去遊樂場的時候，我也跟他們搭了話。可是得到了『我們不會跟妳玩』的回覆。」

當然，那並不代表她被欺負或是遭到無視。

「取而代之的是，男生邀請我單獨出去玩的次數變多了。雖然我想像之前一樣大家一起玩，但他們說已經不想那樣了，我該怎麼辦才好呢？」

聽完小美由紀的煩惱，濱波興奮地說著：「好可愛～」

「橘家姊妹不時散發出的這種純情少女感，究竟是怎麼回事啊！」

這確實很像十五歲少女會有的煩惱。

「是我不好。自從夏天退出田徑社之後，皮膚就變得愈來愈白，頭髮也留長了。從那時候開始，男生們就變得很見外。」

肯定是開始意識到小美由紀是女孩子了吧。

「因為會跟姊姊太像，所以我先把頭髮給剪短了。」

在室內足球場初次見面時她綁著馬尾，不過現在則剪成了短髮。

「我也想過要不要回到之前只穿運動品牌服裝的那個時候……」

據說當她拿起運動鞋，思索著自己是否真心想要穿的時候感到很迷惘。

我想，無論小美由紀再怎麼跟以前一樣打扮得像個少年，關係也不可能恢復了。要說為什麼，是因為男生們已經意識到了，那個總是一起玩的朋友是個女孩子，以及這種感情是戀愛的事。

再也不能只當個朋友，恢復成朋友關係了。

但這件事恐怕不能由別人點破，而是要自己察覺才行。

濱波也很清楚這件事，於是這麼開口。

「我覺得重要的是妳想怎麼做喔。是真的想要回到像個少年的那時候嗎？不過既然妳曾經把頭髮留長，是不是代表妳也有著想要打扮得更時尚，更像女孩子的想法呢？」

「不妨試試看怎麼樣？」濱波說著。

「只要試著穿得非常男孩子氣，或是換成至今未曾有過的女孩子打扮，或許就能知道哪邊比較適合自己。」

「確實呢，或許是這樣沒錯。現在的我感覺有點半吊子。既然如此……因為對運動鞋不太感興趣，這次我想大膽地嘗試女孩子風格的打扮看看。」

「穿搭就交給我吧！我會把妳打造成一個非常可愛的女孩子喔！小美由紀是灰姑娘，而我大概就是魔法師了！」

雖然很容易忘記，但濱波其實是個髮型不對稱，巧妙地運用頭髮原本色彩，時尚指數很高的女孩子。原以為接下來濱波將會開始展示她的品味，但是——

「我一直都想穿穿看這種衣服！」

小美由紀指著的櫥窗裡放的是……

一件精緻的哥德蘿莉禮服。

濱波先發出「嘿咻、嘿咻」的聲音做了準備運動，接著擺了個表情發出慘叫。

「沒在煩惱！完全沒在煩惱！根本不是像少年一樣想回到跟男孩子一起玩的時候那種程度的問題！打從一開始，她就是個徹頭徹尾的女孩子！跟她姊姊一樣！這對少女漫畫腦姊妹！」

即使如此，她依然決定試著換上哥德蘿莉服裝，作為十五歲女孩的通過儀式。雖然用買的似乎非常貴，但好像也能用租的。

「什麼嘛濱波，妳不是挺了解的嗎。」

「我認識喜歡這種衣服的朋友，想穿穿看的女孩子意外地很多喔。」

我們走進了外觀像是文藝復興的店。由於店裡有一日體驗服務，我們便決定參加這個。這間店不僅會幫忙化妝，連裝飾品和鞋子也能借用。在休息室等了一會之後，小美由紀走了出來。

「怎麼樣？」

她身上是一件以黑色為基底的禮服，領口和袖子有著白色的荷葉邊，腳上穿著厚底漆皮鞋，頭上戴著后冠，簡直是個百分之百的哥德蘿莉。

「穿成這樣是需要勇氣的，要是能說點什麼的話……」

「嗯，我覺得非常棒喔。上面裝飾著百合花飾，十分高雅。百合花飾叫做fleur-de-lis，是古代法國墨洛溫王朝的王家紋章，在日本的嘻哈界也——」

「啊，可以了，已經夠了。」

接著濱波也走了出來。由於小美由紀會害羞，濱波為了給她勇氣而決定和她一起試穿。她的禮服是以藍白雙色為基底。

「怎麼樣？」

「啊，嗯。」

店裡有提供專業攝影師的拍照服務，於是我們打算前往店內的攝影棚。

「我說桐島學長，好歹說點什麼吧。」

「濱波學姊非常可愛喔。」

小美由紀代替我說出了感想。

「不，桐島學長也是。喂，桐島！」

濱波看起來就像夢遊仙境的愛麗絲一樣。但是，對濱波說「可愛」是吉見的工作。

在那之後我們離開店裡用餐與享受購物。兩人似乎因為衣服十分亢奮，逛街時買了像是香皂和香水之類充滿女孩子風格的東西，行李全部都是我在拿。

「下次用這個打扮去主題樂園之類的地方看看吧，在萬聖節之類的時候一定非常吸睛。」

大致逛過一遍後，濱波走在路上這麼說道。

「桐島學長不會覺得害羞嗎？」

小美由紀這麼問。

「不管到哪裡都很顯眼呢。」

「沒什麼好害羞的，畢竟小美由紀穿了自己想穿的衣服啊，妳可以覺得自豪。而且這樣很可愛，走在旁邊反而令人感到驕傲喔。」

「是這樣嗎……」

「總覺得明白姊姊為什麼會喜歡上桐島學長了。」小美由紀小聲地說著。而且從剛剛開始，小美由紀的手就會有意無意地碰到我的手。漸漸的，她的小指開始試圖勾住我的小指——

「小美由紀來跟我牽手吧～」

此時濱波插嘴說著，並牽住了小美由紀的手。兩人就像感情融洽的朋友般並肩走著。

「穿上這件衣服之後我明白了，自己果然是個女孩子。」

小美由紀說道。

濱波笑瞇瞇地聽著她的話，露出一副「就算不穿我也知道。」的表情。

「我也知道自己跟男孩子們的關係不可能恢復到跟原本一樣了。那個……今天……我或許也稍微明白了，關於戀愛的事也說不定……」

小美由紀微微地低著頭說。

濱波不知為何瞪著我。

「桐島學長你差不多該回去了吧。」

「咦？可是……」

「兩個女孩子自己玩絕對比較有——」

濱波的話還沒說完，她的手機發出了震動。於是濱波說了句「不好意思」確認畫面，接著有些尷尬地說道。

「那個……很抱歉，吉見的社團活動好像結束了……那個……我可以先離開嗎？我想把運動鞋交給他……還有把這身打扮……那個……」

「直接去給吉見看吧，這麼說來濱波也相當——」

「不用繼續說下去也沒關係，我有自己是個戀愛傻瓜的自覺。」

濱波這麼說完，接著說道：「兩位請直接回去吧！不可以繞路喔，這是忠告！」隨即為了跟吉見見面快步離開了。

「這是什麼意思呢？」

「那是……」

我帶著話變少的小美由紀準備返回店裡。途中，小美由紀滿臉通紅地開了口。

「那、那個，待會要來我家嗎？」

她的聲音顫抖著。

「不，不是，那個，因為姊姊一直悶悶不樂……我想請桐島學長去鼓勵姊姊……」

「我去。」我反射性地做出回答。現在橘同學是柳學長的女朋友，這麼做是違反規則的。不過我想知道橘同學的真意。

我們將小美由紀的服裝還給店裡，搭上電車，前往橘家所在的大樓。

乘坐電梯來到高樓層，小美由紀用鑰匙打開門鎖邀請我進入屋內，於是我脫鞋走了進去。這是我第二次來這裡，第一次是踢完室內足球，橘同學吐在我衣服裡的時候。

「妳姊姊在自己的房間裡嗎？」

我憑著記憶，打算走向橘同學的房間。但是——

「桐島學長請來我房間。」

小美由紀別開視線，拉著我的外套衣角說道：

「姊姊去上鋼琴課了，暫時不會回來。」

第33話 戀愛是肉體上的

情侶輪替的目的和最終目標，恐怕我們四人各不相同。柳學長以失敗後不再見面為代價，暫時性地和橘同學交往，並打算在畢業之前攻陷她。

早坂同學和橘同學不知為何在這件事加上了隔一個月交換配對的條件，然後以我和早坂同學，柳學長和橘同學的組合開始交往。

早坂同學趁這個機會拚命跟我撒嬌。每天晚上都會通著電話睡著，四人約會時也擺出不會把我交給橘同學似的模樣緊緊抱著我。雖然她因為最多只能擁抱的規則而停手，但她偶爾也會露出失去理智的眼神，說著「好想接吻，好想被桐島同學觸摸喔——」這些話並輕咬我的手指。

在學校雖然偶爾會被大家白眼，但由於成為了正式情侶，因此會做出像是親手做便當，或是一起上下學之類健全早坂同學程度的親密行為。

另一方面，橘同學依然一副無所謂的樣子。

就算早坂同學抱著我發出威嚇也不予理會，也允許柳學長牽手，或是摟肩。

我想詢問橘同學。就算有期限，她為何會答應成為柳學長的女朋友，又為何會和早坂同學輪流呢？

明明是為了這個理由才來橘同學家裡的——

「這是居家服……」

小美由紀是一副貼身背心和短褲的打扮，運動風格的內褲露了出來，讓人不知道眼睛該往哪擺。

「那麼，妳姊姊什麼時候回來？」

「……我想暫時不會回來。」

小美由紀別開視線說著，臉頰很紅。

一到橘家，我就被帶進了小美由紀的房間。她房間的壁紙和床單都是白色的，是個既純真又乾淨，給人純潔無瑕印象的空間。

我坐在放在地板的軟墊上，和身穿『居家服』的小美由紀面對面。

「妳說姊姊悶悶不樂的？」

「咦？啊……是這樣呢，是打算聊姊姊的事呢……」

由於小美由紀留著短髮，從頸項到鎖骨的肌膚一覽無遺，上面如同純潔的少女般潔白。

我並不遲鈍，很清楚小美由紀偶然對我產生了些許感情。但這只是因為她沒有經驗，很快就會消退。我也不可能對身為橘同學妹妹的她抱持那種想法，我是有分寸的。

「我算是知道姊姊和桐島學長在談怎樣的戀愛。」

「是這樣嗎。」

「幾天前，姊姊邀請了早坂茜學姊來家裡過夜。」

「咦？她們兩個？」

自從在社團教室起爭執之後，我一直以為她們的關係很不好。

「她們好像是說一碼歸一碼。」

「女孩子就是有這一面呢。」

「原本她們還興高采烈地說要開睡衣派對，但由於剛開始五分鐘就在姊姊的房間起了爭執，所以我就去制止了。」

繼濱波之後似乎又出現了新的被害人。對不起，小美由紀。

「她們似乎還一起洗了澡。」

「真努力耶～」

「姊姊似乎得意洋洋地炫耀了脖子上被咬的痕跡，所以她們好像又吵架了。」

橘同學被咬的痕跡，是我們在京都第一次做的時候，我因為太舒服而咬出來的。

順帶一提，據說浴室裡傳出了早坂同學說著『真是的～我生氣了！』的聲音，緊接著橘同學發出了『呼咪～！』的叫聲。恐怕是早坂同學為了反擊去摸橘同學的敏感部位吧。

「姊姊和早坂學姊似乎是為了談桐島學長的事才舉辦睡衣派對的。」

「我想也是。」

「我不太了解戀愛，因此一直覺得自己不可能理解姊姊和早坂學姊的心情。不過……今天，我明白了自己果然是個女孩子……那個……」

小美由紀紅著臉頰，低著頭說道。

「我開始想弄懂什麼是戀愛了。如果可以的話……桐島學長能夠教我嗎？」

我搖了搖頭。

「小美由紀應該跟同齡的男孩子在教室的相處中，自然瞭解這件事比較好。在妳眼中我看起來或許比較成熟，而班上的同學比較孩子氣也說不定。不過那只是一種錯覺罷了。」

念國中的小美由紀在我眼中非常稚嫩。就算是被她要求，總覺得自己不該對這個堪稱少女的孩子解釋何謂戀愛。況且我還正在早坂同學和橘同學之間煩惱著，沒有混帳到會因為得到其他女孩子的好感而沾沾自喜。

「是嗎……」

小美由紀老實地退了回去。真是聽話，跟某些人大不相同。

「那麼，在姊姊回來之前一起玩個遊戲吧。」

「可以喔，我可是很強的。要玩什麼？ＰＳ？Switch？」

「是這個。」

小美由紀拿到面前的——

居然是《戀愛筆記》。

「為什麼？」

「這是在姊姊房間裡找到的。」

她似乎想透過看這本書來了解戀愛。

小美由紀實在是太像橘同學的妹妹了，血緣關係真是可怕。

「不行，這不是國中生該玩的東西。」

「我已經是個成年人了。」

「不是才十五歲嗎。」

小美由紀把筆記塞了過來，我用力將其推了回去。

「像我這種年長的男性跟什麼都還不知道的國中生做這種事是不公平的。」

「公平？那是誰決定的？」

她一副如果我說出對象，她就會去質問那個人的態度。

「我說不行就是不行。」

見我強硬地這麼說著，她說了句「那就算了。」露出鬧彆扭的表情玩弄起手機。

我瞥了她的畫面一眼，上面是她穿著哥德蘿莉裝，跟我一起拍的紀念照片。

「這個，我會傳給姊姊。」

「喂。」

「姊姊絕對不會對桐島學長發脾氣，恐怕會處罰我吧。」

她小時候似乎經常發生這種事。

「我是個會愛上姊姊喜歡的東西，有點壞的妹妹。」

別這麼乾脆地埋地雷啊。

「我經常把姊姊最喜歡的玩偶拿出來抱著睡覺。被發現後，我的肚子和腋下就會被搔癢一個小時左右。」

搔癢似乎是懲罰時的慣例。

「但是我已經是個成年人了。要是把這張照片送給姊姊，我大概會遭受成年人的懲罰吧。」

她這麼說著，看著我準備按下傳送按鈕。

小美由紀現在被施了年長男性看起來有點帥氣的魔法。

雖然有點不公平，但回應她的期待或許是年長男性的職責也說不定。更何況，我也不忍心看到這麼純情的少女受到那個橘同學靈巧的手指懲罰。

想到這裡，我的身體擅自動了起來。

「嘿等等！」

我將手放在腦袋後方，身體蹲了下去。

「啊哈！」

小美由紀露出開心的表情。

「你願意陪我玩呢！」

「只玩一下子而已喔。」

只是跟自己最喜歡女孩子的妹妹玩一下而已。我是個成年人了，以小美由紀為對象絕對不會失去理智的。

「那麼，來玩吧。」

「玩玩看吧！」

我們開始嘗試這個遊戲。

◇

『戀愛是肉體上的』。

這就是小美由紀給我看的《戀愛筆記》遊戲。

規則很簡單，就是男女雙方一起肌肉訓練而已。

小美由紀看的筆記並不是第十三本的禁書，而是基礎篇的集數。因此內容非常輕鬆，是在學校感覺也會出現的場景。

「桐島學長，身體很僵硬呢。」

在肌肉訓練之前，要先做伸展運動。我張開雙腿坐著，請小美由紀在後面推我的背。

「好痛痛痛痛。」

「請再努力一點！」

小美由紀感覺很開心，玩鬧似的推了過來。她用全身體重壓在我身上，但果然還是很輕，就像小孩子一樣。

「那麼，來交換吧。」

接著輪到我推小美由紀的背部，她的身體非常柔軟，可以一邊張開雙腿，一邊將手肘貼在地板上。

原來如此，這個遊戲似乎是將伸展運動和肌肉訓練當作藉口，讓男女進行肢體接觸，來讓人稍微心跳加速。不愧是基礎篇，對國中生來說剛剛好吧。

雖然這麼想——

「請更用力……壓上來……」

聽她這麼說，於是我也跟小美由紀剛剛一樣，整個人壓在她的背上。

小美由紀的身體既纖細又柔軟，真的有種尚未成熟的觸感，和同齡的人完全不同。發育期兩年的差距非常巨大。但是——

「桐島學長果然是個男人……」

「嗯？」

「被用力壓著，我完全無法抵抗……如果桐島學長有那個念頭，我就只能任人擺布呢……」

「小美由紀！妳在說什麼？」

總覺得能感受到她濕潤的氣息，大概是錯覺吧。

「……那麼開始肌肉訓練吧。」

做完伸展運動之後，小美由紀屈膝坐在地上。為了讓她方便做仰臥起坐，我握住她的膝蓋，將體重壓了上去。

小美由紀將手放在後腦杓，身體倒了下去，接著坐起身。

她的肌膚逐漸沾滿汗水，呼吸凌亂，臉頰逐漸變紅，頭髮貼在額頭上。

活動著身體的小美由紀十分清爽，有種透明感。

她要是去拍運動飲料的廣告，感覺會很受歡迎。

「接下來換桐島學長了。」

「我知道了。」

「……我覺得會很熱……請你把上衣脫掉……」

我照她說的，只穿著一件T恤進行仰臥起坐。我們一邊感受著比暖氣設定還高的溫度，一邊做著各式各樣的肌肉訓練。

小美由紀非常認真，不僅逼迫自己到貼身背心因為汗水變色，在我做伏地挺身的時候也中途支撐著我的身體，協助我直到極限。

「我不行了。」

我仰躺在地上，汗流浹背，肌肉發出了慘叫。

「這樣有點沒出息吧？」

聽我這麼說，小美由紀說著：「沒那回事！」

「桐島學長非常結實，背部也很寬敞……力氣很大……在被壓住腳的時候，我完全動不了……能感覺到男性的力量……」

說到這裡，小美由紀很害羞似的低著頭。

「那個，我有個請求。」

「雖然只有不好的預感，不過是什麼呢？」

「請讓我摸桐島學長的身體。」

「這還真直接啊！」

我不禁坐了起來。

「不、不是的，那個……因為男孩子不肯跟我玩，又認識到自己是個女孩子，想要更加了解其中差別——我只是這麼想而已……」

雖然覺得超脫了這個戀愛遊戲的範疇，但在性別產生差異的成長期協助她建立認同感，也是年長男性的職責吧。

「我知道了，只有一下子喔。」

「謝謝學長，那麼……」

小美由紀依序沿著我的手臂和脖子摸了下來，柔軟的手撫摸肌膚的觸感，讓人覺得有點癢。她一副理所當然地將手伸進我的T恤裡面，摸著我的腹部。

「我流了不少汗耶。」

「沒關係的……果然，骨頭的粗細，還有肌肉成長的感覺都完全不同……」

小美由紀的眼神逐漸失去了理智。

「我還有件事想拜託你……」

「絕對不行。」

「可以請學長強硬地壓住我嗎？」

「咦？沒聽見我說話嗎？」

「我只是想感受力量的差距而已……沒有其他意思……」

「什麼？橘家的人都這樣嗎？對自己不利的事情全都裝作沒聽見。」

「這是最後一項了……」

小美由紀一邊這麼說，一邊躺在地上，雙手放在頭頂。

真是的。

「這真的是最後了喔。」

我用力抓住小美由紀的雙手手腕，因為她的手腕很細，所以只要單手就能辦到。

「這就是男人的力量呢……我真的完全動不了。」

「小美由紀，就算是開玩笑也不能對其他男人提出這種要求喔。或許妳還不明白，但男人有著各式各樣想法，也有可能會發生意料之外的事。」

「既然這樣……」

小美由紀很害羞似的別開視線說著。

「請讓我好好學習吧。請桐島學長指導我，跟男人兩人獨處擺出這種姿勢會怎麼樣，用身體讓我明白。」

小美由紀在我的身體底下，扭動著她全身是汗的嬌小身體。

「請對我做，對姊姊做過的事。我想知道心境究竟會有什麼轉變。」

多麼煽情的國中生啊。

「不，那個……」

「學長不是一直忍著不跟姊姊做那種事嗎？」

在橘同學邀請早坂同學來家裡住的時候，小美由紀似乎一直豎起耳朵聆聽著她們的對話。也知道橘同學現在是柳學長的女朋友。

「你可以……把我當成姊姊的替代品喔。」

我腦中閃過在室內游泳發生的事，回憶起橘同學雙腿被其他男人張開的模樣。雖然我逞強裝出一副若無其事的樣子，但心裡果然還是有許多想法，也會懷念橘同學的肌膚。

「如果不能代替姊姊的話……」

小美由紀轉過身子，臉頰通紅地說道：

「就請學長懲罰想跟姊姊最喜歡的人做這種事情的……差勁的妹妹吧……」

小美由紀是橘同學的妹妹，是什麼都還不知道的十五歲。本來我甚至是連跟這種女孩子牽手都不被允許的，但是這個時候，閃過理性逐漸消失的我腦海的，是橫跨明治、大正、昭和三個時代的那位大文豪，谷崎潤一郎。

谷崎潤一郎迷上了妻子的妹妹，做出了把妻子讓給朋友作家的『小田原事件』。而且那位妻子的妹妹當時還只有十五歲。

也就是他愛人的妹妹是十五歲，並且將所愛之人交給了其他人。

這堪稱記號的話語如同天啟般落在我身上，化作一個答案。

啊啊，我桐島司郎是谷崎潤一郎啊。

這麼想的瞬間，我掀起了小美由紀的貼身內衣，露出她被汗水沾濕的白皙腹部。

「桐、桐島學長，怎怎怎、怎麼這麼突然！」

我用舌頭舔舐著小美由紀的腹部。

「嗚咪？」

小美由紀不愧是個喜歡運動的女孩，幾乎沒有贅肉。但她果然是個女孩子，腹部十分柔軟。伴隨著汗水的味道，我不停地舔舐著十五歲少女純白無瑕的柔軟肌膚。

「嗚咪～！嗚咪～！」

她不斷發出了可愛的叫聲。

我也撫摸起小美由紀的身體。正如她對我做的一樣，一邊感受著跟自己身體的差異，一邊觸摸著她的肩膀、鎖骨、上臂、以及大腿。

「請、請對我溫柔一點，因、因為我完全是第一次！」

由於她這麼表示，我用手指若有似無地在小美由紀的肌膚上撫摸著，然後——

「啊啊，桐島學長！」

小美由紀發出了甜美的叫聲。

雙手交叉放在頭上，不斷扭動身體的她，簡直就像一條美麗的白魚。

「我現在知道了！在桐島學長結實的手掌下，自己完全無法抵抗，只是個普通的女孩子，我完全明白了！」

汗水從我的太陽穴流下，順著下巴，滴落在渾身發熱的小美由紀身上，跟她的汗水交織在一起。

白色的壁紙，白色的窗簾。在這個象徵純真的房間中央，我一邊對做出這種玷汙未成年少女的行為抱持著罪惡感，一邊覺得既然她總有一天會被玷汙，那不如由我來做。產生了這種無可救藥的想法。

小美由紀彷彿喝醉了一般，眼神逐漸失去理智，像是在自言自語地開了口。

「請對我做出全部你跟姊姊做過的事情，是全部喔。」

我舔著小美由紀的腋下。這是個尚未知曉世間悲傷和殘酷的少女腋下。即使這名少女懇求著：「請放過我吧。」但我仍舊舔個不停。

「桐島學長，我好奇怪。明明害羞到眼淚停不下來，但不知道為什麼有種奇怪的感覺，想要繼續被欺負。」

我想更加欺負這個哭泣著發出甜美喘息的少女。

「桐、桐島學長？這樣不行！」

我開始舔著小美由紀的腳。

「對不起，對不起！我是個壞心眼的妹妹！對不起！原諒我！」

我舔著這雙尚未踏過多少世俗地面、無罪的腳，連指縫都不放過，緩慢地舔個不停。

我正在做的行為，旁人肯定難以理解吧。但是，不是聽說谷崎老師也撰寫了相當執著於女性足部的小說嗎？恐怕是在女性的腳上發現了獨樹一格的美吧。

跟他一樣，我也在小美由紀的身上，發現了只有目前在成長途中，這個瞬間才有的光輝和美麗。既然如此，我所做的一切行為，不也都能稱作文學性的行為嗎？

一名叫做濱波的少女從剛剛開始就一直在我腦中喊著：「道歉！向文壇的人道歉！」但我不必這麼做，這是因為我就是谷崎潤一郎。

「呼……呼……」

小美由紀上氣不接下氣地張開小嘴，胸口上下起伏的模樣，實在非常美麗。

我突然有了那種興致，試著用手指抓住了她紅通通的舌頭。

「啊咦……咦咦咦……嗚啊啊啊……」

小美由紀雙眼無神，全身無力，口水難堪地溢出嘴角，已經成了一個任人擺布的少女。

「嗚啊啊啊……嗚啊啊啊……」

那之後的一個小時左右，我玩弄著眼前連話都說不清楚的少女。正如她的要求，做出舔脖子，或是將舌頭伸進耳朵之類對她姊姊做過的事，挑選了一些橘同學做的行為中，相較輕微的種類。但這對國中生似乎過於刺激，小美由紀一邊發出甜膩的叫聲，一邊仰起她柔軟的身體，大腿內側也溼透了。

接著——因為我覺得已經夠了——便切斷了和擬似谷崎意識的連結——

很好——

「差不多就是這樣吧。」

我站起身說著。

「如果受不了的話，就別太過逞強比較好喔。畢竟小美由紀還是個國中生，和姊姊不一樣。」

「好的……我明白了……桐島學長已經完全教會我了……徹底的……」

小美由紀一副筋疲力盡的模樣，身體被汗水和各式各樣的體液弄得溼答答的。

哎呀呀，我究竟對這種小女孩做了些什麼啊。

恢復冷靜後，我稍微反省了一下，為了擦汗將手伸向準備好的毛巾——

就在這個時候。

玄關傳來充滿重量感的開門聲，接著——

「我回來了～」

是橘同學的聲音，看來她似乎上完鋼琴課回家了。

「小美由紀，快點……咦？等一下！」

我將手伸了過去，但小美由紀卻抓住我的手，拉著我倒在地上。

在這個彷彿能碰到鼻尖的距離下，小美由紀開了口：

「就這樣被姊姊發現，一起毀滅吧。」

「妳講出了驚人的話耶！」

以正在邁向毀滅的人來說，我希望小美由紀別在這時候參一腳。

「冷靜下來，小美由紀妳只是被一時的感情沖昏頭而已。」

「那麼我還有最後一個請求，這次真的是最後一個了。」

當我進一步詢問後，小美由紀臉上浮現與年齡相符的稚嫩表情，忸忸怩怩地露出如同少女漫畫般害羞的表情，眼神游移地開了口。

「我想要……接吻。」

或許是在玄關看到了我的鞋子，橘同學說道：「司郎來了嗎？」

「我很清楚桐島學長有多麼喜歡姊姊。」

「所以我會把今天的事都當作沒發生過。」小美由紀這麼說著。

「所以，最後請你吻我吧。」

即使是現在，橘同學的也在逐漸接近，說著：「司郎？你在哪裡？」她先是經過小美由紀的房間，之後又走了回來。

「要是不快點會被姊姊發現喔。」

「不，比起這個，小美由紀沒有接過吻吧？」

「初吻……跟桐島學長就好。」

橘同學說著：「美由紀～司郎在家嗎～？」

小美由紀拉住我的T恤，將臉湊了過來。

「要是不肯跟我接吻，我會直接發出慘叫。」

「不，小美由紀——」

「小美由紀？」

「桐島學長只是被壞心眼的妹妹威脅，並沒有背叛姊姊，這樣不就行了嗎。」

橘同學的腳步聲在房門前停了下來，接著說道：「美由紀，妳在嗎？」

「我是認真的。」

小美由紀的外表依舊稚嫩，不過明明做出了這種事，她卻依然既爽朗又凜然。

我的心中有兩種感情。

想讓小美由紀保持純潔的形象。
想要玷汙純白無瑕的小美由紀。
夾在這兩種想法之間，我決定——

◇

就結果而言，橘同學沒有在我和小美由紀彷彿融為一體般互相擁抱著的時候闖進來。
「我想給姊姊一個驚喜。」
當小美由紀朝走廊這麼說道，橘同學隨即在門後慌慌張張地開口。
「等、等一下，我才剛上完課，還不能跟司郎……」
接著她便快步離開了門前。
「怎麼回事？」
「姊姊跟桐島學長見面時總是會花很多時間挑衣服和整理頭髮。因為姊姊上的是很嚴格的鋼琴課，所以至少會去洗個澡吧。」
我們趁機整理好儀容，用毛巾擦汗，穿上襯衫。
「放心吧，桐島學長。今天發生的事我不會告訴任何人，我也最喜歡姊姊了。」
「我的腦袋稍微有些昏沉沉的。」小美由紀一邊扣著鈕釦一邊說著。
「我會把今天發生的事藏在心裡，沒有其他要求，也不會有進一步的發展。我真的只是想做點成熟的事情而已。」

接著我們不再說話，只是一味地沉默著。

過了一會，橘同學走進了房間。是一副白色襯衫搭配黑色長裙，楚楚可憐的打扮。

「你是來見我的嗎？」

橘同學很害羞似的別開視線說著，她的內心總是存在著嚴厲和年幼的少女。

「聽說小美由紀說妳悶悶不樂的。雖然目前還在情侶輪替期間，這麼做不太好就是了。」

我話還來不及說完，橘同學先一步撲到我的懷裡。一邊將臉貼在我身上，一邊用會讓人感到疼痛的力道緊抱著我。

「那、那麼，我就去一趟便利商店吧～」

小美由紀識時務地打算離開。橘同學抱著我，背對著妹妹開口說道：「待會要處罰妳。」

「為、為什麼？我可是為了姊姊把桐島學長帶回家了喔！」

「妳跟司郎兩人在自己的房間獨處。」

「只是因為這樣？」

「嗯，要處罰妳。」

「嗚哇～！媽媽～！姊姊她不講道理～！」

小美由紀發出「嗚喵～」的聲音離開了房間。

「橘同學，對小美由紀稍微溫柔一點怎麼樣？」

「妹妹的事一點都不重要。」

橘同學抬頭看著我，表情像是在說要我只注視她一個。

「你是因為擔心才來見我的吧？」

「另外還想知道，妳為什麼會接受柳學長的提議。」

橘同學主動成為了柳學長的臨時女友。明明是這樣，但小美由紀卻說她把自己關在房間裡，她究竟是有什麼打算呢？

「因為我對柳做了許多過分的事，但他卻對我付出了很多。」

即使橘同學以背叛未婚夫柳學長的形式和我交往，但柳學長卻不僅解除婚約讓橘同學自由，甚至還約好讓學長的父親繼續支援橘同學母親的事業。

面對這莫大的誠意，橘同學在年底時也對柳學長產生好感。

「所以，我才決定在最後如柳所願當他的女朋友。畢竟有時間限制，也會忍耐只能擁抱的規則，之後我會請柳別再出現在我面前。」

結果，橘同學並不打算真正成為柳學長的女朋友。這麼做只是為了報答，以及清算一直以來對他的背叛而已。

「我知道自己是個過分的女人。但是，即使如此我也想跟司郎在一起。」

橘同學懇求似的緊抓著我的襯衫。

「這麼一來司郎就不必對最喜歡的學長有所顧慮，跟我交往也不會有罪惡感了吧？從柳身上得到的東西，我會好好地、盡可能地還清。為了讓司郎不會感到內疚，我會那麼做的。」

「對不起。」橘同學這麼說著。

「因為這個緣故，柳觸摸了我許多地方。可是，必須裝得像個女朋友才行吧？畢竟，之後就要讓他從我面前消失了，所以雖然不會讓他做出比擁抱更進一步的事，但規則內的事情我都容許了。對不起喔，我明明是屬於司郎的女孩子。」

她似乎也察覺了我在嫉妒的事。

「等一切結束加以覆蓋掉就好。到時再對我做出會讓人害羞到哭出來的事，懲罰我就行了。所以你要等我喔。」

橘同學像一隻渴望主人的狗一樣，抬起下巴將身體貼在我身上。但很快就恢復了冷靜的表情開口。

「這次我會好好遵守規則。否則司郎又會開始胡思亂想了對吧？」

讓我能不再猶豫，毫無顧忌地選擇橘同學。

這就是橘同學一切行動的原理。

只要能跟我正式成為情侶，就算自己變成性格差勁的女孩，或是被自己不喜歡的男人碰也無所謂，她是這麼想的。

不過，橘同學的想法少了一種可能性，就是我或許有可能選擇早坂同學。當然，橘同學也很清楚這一點，不過——

「司郎絕對會選我的。」

橘同學再次抱住我，將臉埋在我胸前，直接對我說道。她的氣息使我的胸口一陣熾熱。

「畢竟我們……做了。交換了彼此最重要的第一次，我變成了屬於司郎的女孩子。所以只要是為了司郎，我什麼都願意做，假設即使如此——」

要是我即使如此依然選擇了早坂同學。

捨棄了橘同學的話。

大概是想像了那樣的未來吧，橘同學像是擠出聲音似的開了口。

要是不肯選我的話，那麼——

「我會希望司郎你去死的。」

第34話　不可思議笛卡兒

「為什麼～！為什麼～！」

濱波發出了慘叫。

這是在某個陰天的地方巴士裡發生的事。

巴士正行駛在蜿蜒的山路上。

「妳在吵什麼啊？」

「當然會吵吧！畢竟我可是被扔進了超不健全的四重奏裡面耶！這輛巴士是要開往地獄第一條街的吧！」

柳學長坐在巴士最前面的座位上看著書，而早坂同學和橘同學並肩坐在中間附近的雙人座上，我和濱波則坐在最後面。

「提出委託的人是濱波吧。」

「話是這麼說沒錯啦……」

由於濱波的親戚正在煩惱該如何出售別墅的洋館，於是她找上了父親在經營不動產事業的柳學長商量。因為出售房屋必須提供洋館的外觀及內部的照片，便由濱波帶著柳學長前去拍攝。

因為那裡是別墅區又有網球場等設施，柳學長邀請了橘同學。基於四人要盡可能一起約會的規則，我和早坂同學也跟了過來。

「這不是挺好的嗎？早坂同學和橘同學處得很融洽，在電車裡也一直牽著手喔。」

「你一點都不懂！」

濱波說道。

「女孩子真正感情好的時候是不會黏在一起的。那只是表面上看來關係很好，私底下一直在爭鬥著！」

「是這樣嗎？她們現在不是看起來很愉快地在吃點心嗎？」

「看仔細一點！早坂學姊雖然面帶笑容地遞出巧克力棒，但那根巧克力棒卻是抵著橘學姊的臉頰！」

我決定裝作沒看到臉上掛著僵硬笑容黏在一起的兩人。

最後巴士到站，我們下了車，在濱波的帶領下前往目的地。如果是夏天的話，這裡會是個耀眼陽光從樹林間灑落，綠意盎然的避暑勝地吧。但是現在是冬天，天色看起來隨時都會下雨，還有不知從何處傳來的烏鴉叫聲。

穿過樹木形成拱橋模樣的小路之後，我們看見了位於山丘上的洋館。

那是一棟用磚塊打造設有陽台、寬度很長，左右有著三角屋頂的建築。

「總覺得會變成殺人事件的舞台呢。」

在風的吹拂下，橘同學按住頭髮這麼說。

「濱波的親戚為什麼要賣掉這棟洋館呢？」

「因為要搬走了。」

濱波看著遠方這麼說著。接著並未看向我，而是將手機畫面拿給我看。是個描述恐怖故事的網站，上面介紹了這棟洋館。像是歷代擁有者總會死於非命，或是發瘋的傭人等故事。

在當地——

「這裡，似乎被稱作鬼屋。」

◇

將行李放進客廳之後，柳學長說要趁下雨前拍攝外觀便走了出去。早坂同學和橘同學似乎打算繼續假裝感情很好，依然牽著手對放在房間裡的各種家具互相發表意見。

「稍微去探個險吧。」

我和濱波一起離開客廳。

洋館內部和外觀一樣時尚。寬敞的玄關、鋪著紅色地毯的地板、吊著掛燈的大型餐廳，以及木製的古董家具。

長長的走廊左右有著許多房間，我們選擇其中一間走了進去。

「感覺跟旅館一樣呢。」

「水電都有接通，立刻就能開張了吧。」

房間裡有一張大型床鋪以及簡易的桌椅組。

此時濱波嘆了口氣。

「這間洋館……的確有種不太好的感覺呢。」

「妳感覺得出來嗎？」

「我其實對這方面很敏感，因此經常被捲進麻煩事裡。除了靈異以外的麻煩事也遇過不少，我想學長應該也很清楚就是了。」

「哼嗯。」

「咦？怎麼一副若無其事的表情？我可是在講你們的事喔！」

「請你們四位不要一起在這裡出狀況喔。」濱波這麼說道。

「目前大家都很守規則，穩定的很。」

「不，一點都不穩定。所有人都只是在累積壓力罷了。在橘學姊從一開始就決定不會成為柳學長女朋友的瞬間，這個情侶輪替就不成立了。」

濱波說得沒錯，而且柳學長絕對也發現了這件事。即使如此，他依然打算在剩下的時間內努力讓橘同學改變心意嗎？

「難不成，會讓早坂學姊一起輪流是因為……」

「嗯。」

在小美由紀的房間裡交談時，橘同學這麼說了。

『就讓早坂同學和柳在一起吧。畢竟如果早坂同學壞掉，司郎就絕對無法拋下她了。』

橘同學一心一意只想著怎麼做才能跟我在一起，為了這個目的不擇手段不是騙人的。

『對不起我性格這麼差勁，但只有現在會這樣。等一切結束後，我就不會再做這種事了。』

橘同學一直貼在我身上這麼說道。直到小美由紀從便利商店回來之後，她對我說：『你回去吧。』在這段期間內，橘同學似乎打算稱職地當柳學長的女朋友。

「……確實，如果事情依照橘學姊的想法發展，你們四人就能圓滿收場了。」

濱波說著。

「這不就跟桐島學長想出來的軟著陸計畫非常接近嗎？」

她說得沒錯，會這樣也是正常的。畢竟橘同學就是想在實現了我那不希望任何人受傷的願望之後，再跟我交往。

「可是當早坂學姊和柳學長在一起之後，桐島學長真的有辦法放棄早坂學姊嗎？」

「等時候到了，我是這麼打算的……」

「早坂學姊究竟是怎麼想的呢？那兩個女生是在討論過後才決定情侶輪替的吧？早坂學姊到底打算做什麼……」

就在這個時候。

濱波露出疑惑的表情窺探著我的臉。

「學長，你從剛剛就一直在幹嘛啊？」

「問我幹嘛，在找適合套在脖子上的東西啊。這裡完全沒有延長線……啊，這條毛巾感覺不錯呢，觸感非常好。」

我把纏在脖子上的毛巾拉緊，試著往後面一拉。

「嗯，非常好。」

「桐島學長……」

濱波露出一副難以言喻的表情看著我說。

「根據網路上的說法，洋館的第二任主人似乎是被毛巾吊死的。」

「…………」

「地點據說是窗戶正面能看到櫸木的二樓客房。」

我往窗外一看，外頭有一根雄偉的櫸木。

「……我們走吧。」

「快點離開這個房間吧。」

當我們這麼說著走出房間的瞬間。

震耳欲聾的雷聲響徹整座洋館。

電燈開始閃爍，看來雷似乎是落在了附近。

「濱波，不要緊吧？」

就算我這麼問，濱波也沒有回答，只是一味地注視著某個方向。

在她視線的面前，這條昏暗漫長走廊的另一端——

站著兩名女僕。

她們臉色蒼白，面無表情地看著我們。

「咿、咿啊～！」

「啊哇哇哇哇哇哇！」

濱波想把我當成擋箭牌，我想讓濱波站在前面，兩人互相拉扯，想要逃跑卻跌成一團。

「請把桐島學長當成替死鬼吧！」

「不，應該選濱波！」

電燈逐漸變暗，每次亮起女僕就離我們愈來愈近。

彷彿能看見血海從兩人的身後湧過來一樣。

「哇～～～！」

「呀～～～～！」

◇

「明明不需要怕成那樣的說。」

穿著女僕裝的早坂同學攙扶著我。

我們沿著洋館一樓繞了一圈，決定分頭拍攝館內的照片。二樓由橘同學和柳學長負責，腳軟的濱波則留在客廳裡待命。

「不，現在雖然不可怕，但當時可是相當有模有樣的喔。」

兩人不僅眼神空洞，說話時聲音還重疊在一起，簡直就像一對雙胞胎。順帶一提，女僕裝似乎是在衣櫃裡找到的，雖然早坂同學和橘同學都稱讚衣服很可愛，但兩人似乎都沒有換衣服的記憶。

「怎麼樣？現在可愛嗎？」

「嗯，非常適合妳。」

「嘿嘿，主人～請儘管下令吧～」

早坂同學絲毫不打算以女僕身分進行侍奉，只是自顧自地一味跟我撒嬌。

「因為很久沒有這樣了嘛。」

最近我完全沒和早坂同學見面，這是因為她打工的事情被人告密，遭到停學的緣故。她母親對此也很生氣，禁止她外出。

「過得還好嗎？」

「嗯，一直在看影片和電影。」

「下週就要開始上學了，沒問題嗎？」

早坂同學上美術課時在眾人面前和我接吻，甚至還說出了『想要做愛』這種話。雖然她那衝擊性的印象在停學期間有所消退，但她的形象果然還是無法恢復了。不過——

「無所謂喔。」

早坂同學露出認真的表情說著。

「只要有桐島同學在，我無論遇到什麼事都沒關係。」

與其被大家當成玩偶不能跟喜歡的人交往，還不如即使讓自己的評價變差，也要選擇跟喜歡的人交往。她是這麼說的。

「啊，收到訊息了。」

早坂同學將手機拿給我看，上面是柳學長摟著女僕打扮橘同學的自拍照。為了證明即使兩人獨處什麼都沒做，他好好地遵守著要定期傳照片的規則。不過，他摟著橘同學肩膀的模樣看起來十分挑釁。

因為橘同學打算當個好女友，她好好地將頭倚靠在學長肩上。

「這個真的什麼都沒做嗎？先接吻做出進一步的行為後，再拍正常的照片傳過來也可以吧。」

「不，再怎麼樣也會遵守規則吧⋯⋯」

「啊哈哈，桐島同學太消沉了啦。」

「這種感覺真懷念呢。」早坂同學說著。

「不過，桐島同學已經有我在了，不要露出那種表情嘛。」

「有件事情我想問。」

「什麼事？」

「早坂同學為什麼要參加情侶輪替呢？」

聽我這麼說，早坂同學回答：「是因為我相信桐島同學喔。」

「我啊，已經完全搞不清楚狀況了。」

早坂同學笑著說道。

「在橘同學提出情侶輪替的時候，我也是很隨便地就答應了。我有試過要好好思考喔？像是柳學長原本就是我的第一順位，之類的。可是，我真的搞不清楚了。我在學校的風評變得一團糟，不僅公布欄被寫滿了『放蕩的H同學』，媽媽也因為停學的事哭了出來。我只剩下了桐島同學，不過我只要有桐島同學就夠了，雖然我也是會動腦的，呃、我在說什麼啊……」（註：H為早坂日文的讀音開頭。）

早坂同學的眼神瞬間變得空洞，但很快就恢復笑容開了口。

「總而言之，我相信桐島同學所以沒關係！只要有桐島同學在，就算要我當柳學長的女朋友也沒問題！要是我做錯了什麼桐島同學會告訴我的，我只要聽桐島同學的話就行了！」

這麼說完後，早坂同學再次像貓一樣貼在我身上撒嬌。

「啊～啊，如果今天住在這裡，就能用這副打扮和桐島同學打情罵俏了說。」

「……雖然有只能擁抱的規則就是了。」

「抱著的時候就算碰到了也沒辦法嘛。」

早坂同學天真無邪地說著這種話。

而她的願望就這麼實現了。

拍完室內照片後雷聲再次響起，接著下起了大雨。我看向窗外，雨勢非常驚人，是一場巨大的暴風雨。

「電車和巴士都停駛了……」

回到客廳後，濱波盯著手機。接著柳學長和橘同學也返回了這裡。

「估計明天才會恢復運行。」

住宿本身沒有問題。畢竟水電都有在運作，雖然沾了點灰塵，不過也有床可以睡，剩下的——

「食物該怎麼辦？雖然一天不吃東西也沒關係。」

柳學長這麼說完，早坂同學隨即說著「沒問題的。」從背包裡拿出了點心。從巧克力棒和橢圓仙貝之類的正統零食，到通饅頭和阿闍梨餅等能夠填飽肚子的特產點心應有盡有。

「妳平時就帶著這麼多東西嗎？」

見我這麼問，早坂同學精神飽滿地「嗯！」了一聲點點頭。

「…………」

「桐島同學不准吃點心。」

「我還什麼都沒說耶。」

明明沒說會變胖——

無論如何，我們做好了過夜的準備。這個原以為不會有問題的夜晚，卻在幾小時後朝著危險的方向發展。

由於大門安裝得很差，在暴風雨中喀吱作響，感覺隨時都會被吹開。而當大家一起進行加固的時候。

「我有個提議——」

柳學長將從工具室拿來的鎖鏈纏在門把上這麼說著。

「比起這個，學長有必要在鎖鏈上加裝掛鎖嗎？」

我這麼說著。

「這樣與其說是不讓門打開，看起來更像是為了不讓屋子裡的人逃走耶……」

「是啊，不過，鎖就是這種東西吧？」

總覺得柳學長的眼神有些空洞。

「「就是這麼回事喔。」」

女僕打扮的早坂同學和橘同學同時說道。她們又像雙胞胎一樣牽著手，瞳孔也失去了神采。

「快、快恢復正常啊～！」

濱波拍了拍柳學長的臉頰，搖晃著早坂同學和橘同學的肩膀。

「你們幾個被某種不好的東西附身了啦！」

根據網路上的說法，這座洋館好像也發生過殺人事件，犯人為了不讓房客逃跑，似乎用鎖鏈和掛鎖封住了大門。

「啊！」

柳學長的眼神恢復了理智，但是，接下來才是重點。

「關於剛剛我想提議事情的後續——」

柳學長皺著眉頭開了口。

「雖然是我自己要求的，但要不斷地向不喜歡自己的女孩子獻殷勤，其實相當辛苦呢。」

學長察覺了橘同學的想法。在知道無論是約會，還是擁抱，一切都是基於情義之後，似乎反而讓他覺得很難受。

「抱歉……」

橘同學滿懷歉意地說。

「小光沒有錯，畢竟是我勉強要求的。只是我也是個脆弱的男人，在這種暴風雨的夜晚也會想感受別人的好感。」

學長的雙眼盯著早坂同學，他已經知道早坂同學的第一順位曾經是自己的事了。

橘同學那表面上的溫柔態度肯定傷他很深吧。

學長用手摀著額頭，露出苦澀的表情說道。

我是個軟弱的男人，也會想被人關愛，所以——

就提前做個交換——

「僅限一晚，要不要來交換對象呢？」

◇

當天晚上，我和橘同學互相擁抱著躺在客房的床上。

房間裡十分昏暗，蠟燭的火光在燭台上搖曳著。會這樣是由於洋館因為打雷停電的緣故。工具室裡放著火柴和蠟燭以及燭台，我們便拿來使用。

這座洋館簡直就像與世隔絕的異世界一樣。

而我們大概是受到異世界的氣氛影響了吧。

『要不要來交換對象呢？』

我們乾脆地答應了柳學長的提議。橘同學和早坂同學異口同聲地說著「好啊」。兩人的眼神空洞。

『好可怕！學長姊們做的事情比靈異現象更可怕！只是在互相傷害而已！』

濱波發出了慘叫。

接著由於話題轉到因為是情侶，所以留宿就應該睡在同一張被窩裡。於是我們分別進入不同的客房，我在床上抱住了穿著女僕裝的橘同學。

因為沒有熱水，所以我們沒有洗澡。

橘同學一開始還因為沒洗澡的事感到害羞，但一到床上之後，她立刻叫著「司郎……司郎……」抱了上來。並且像狗一樣發出「咕咕」的叫聲。

「這次我會好好遵守規則的。」

這麼說著的她一邊呼出濕潤的氣息，一邊用嫵媚的眼神盯著我看，偶爾還會像是忍不住似的用力將下腹部貼在我身上。

如果是漫畫之類的場合，會出現女孩子將胸部貼上來的描寫。但是真正女孩子的好感，其實是更加直接的。

「我會做這種事情的人只有司郎。」

橘同學說著。

「剛剛柳稱讚了我的衣服，還抱了我好幾次，他用力到像是要把我脊椎給折斷一般用力抱著我。抱著我的頭，一直在我耳邊說著『喜歡妳，我喜歡妳，看著我吧。』。因為我是柳的女友，所以我也抱住了他。」

我反射性地緊緊抱住橘同學，到了她會弓起腰的程度。隨後抱住她的頭，在她耳邊反覆說著「我喜歡妳」。

「我也……想要一直當司郎的女朋友。」

橘同學這麼說著抬起下巴，不過立刻就別開了臉。接著為了忍耐接吻，不停地輕咬著我的襯衫。

暴風雨的夜晚，我們在昏暗的洋館裡宛如合為一體般相擁著。

我想就這麼一直跟橘同學在一起，但是不行。

床的正面放著一張桌子，上面擺放著燭台，以及一支立起來的手機。

手機畫面上映照著躺在床上，被柳學長從身後抱住的早坂同學身影。我們隔著畫面四目相交，早坂同學露出了微笑。

沒錯。

肢體接觸最多只能擁抱。為了確認是否有好好遵守規則，我們用視訊即時播放著彼此睡覺的狀況。

由於柳學長從後面抱住早坂同學，對面的兩人都看著鏡頭。

而由於我和橘同學相擁著，目前處於只有我看著鏡頭的狀態。

因為手機是靜音的，所以不知道他們在說什麼。

不過，早坂同學和柳學長看起來非常融洽。

學長本來就是早坂同學第一順位的對象，因此進展很有可能比橘同學更加順利。而或許也察覺到了這件事，柳學長的表情比跟橘同學在一起時開朗。

人比起喜歡的人，還是會選擇喜歡自己的人。

柳學長遇到的，恐怕是世界上許多人正在面臨的問題。不過，我沒有餘力去思考關於這方面的事。

無可救藥的是，明明自己懷裡有個溫順又美麗，願意讓我整個人沉浸在愛裡的女孩子，但我卻對手機的畫面感到嫉妒。

早坂同學身體那溫熱潮濕，又柔軟的觸感。

如今柳學長正在感受著。

腦袋快要失控了。

我為了壓抑和橘同學做那種事情的衝動別開視線，卻看到了早坂同學和柳學長卿卿我我的光景。

反過來說，柳學長是一邊看著不肯對自己釋出好感的橘同學向我撒嬌，一邊抱著早坂同學。

我們明顯正在試探自己的感情。

大約經過兩個小時左右，我的忍耐到了極限。

這是因為橘同學拚命任由本能動著身體的緣故，她趁著身體被棉被遮住，用腳夾住了我的大腿。隔著褲子也能感覺到，她的那裡開始變得溫熱潮濕。接著她一邊開始微微地動著腰，一邊像是在懇求似的，手指拉著我的袖子。

做過一次之後，我們各方面的尺度都下降了。

我也想過就這樣做下去，這麼一來或許就能強硬地讓我們四人的關係告一段落也說不定。

但是，無論怎麼想，讓早坂同學和柳學長看我和橘同學做那種事是非常殘酷的行為。是種完全迷失自我，自暴自棄地選擇橘同學，將周遭一切都毀滅的作法。

會讓人想到這種選擇的莫名其妙狀況實在不太好。

「我去喝杯水。」

我這麼說著走出房間。

拿著燭台走過走廊進入客廳，打算喝裝在水壺裡的水。但是濱波先一步來到了這裡。

「我睡不著，桐島學長也是嗎？」

「畢竟是那種狀況啊。」

「你什麼都不必說喔。」

「隔著手機——」

「啊～！啊～！啊～！啊～！」

我一如既往地將事情全部告訴了濱波。她怒氣沖沖地說著：「我不想聽！因為很可怕！」隨後恢復冷靜說著。

「不過，逃到這裡來應該是正確的吧。總覺得自從來到這棟屋子之後，那三個人就變得有點奇怪。」

「的確是呢。」

「在這裡聊天等待天亮就好了。」

但是電影仍繼續朝著結尾名單撥放著。

首先是橘同學揉著眼睛來到客廳。

「司郎不在好寂寞喔……」

她這麼說著，睡眼惺忪地直接抱住了我。

「這種時候的橘學姊真可愛呢。」

濱波撫摸著橘同學的頭。

當我們懶洋洋地坐在沙發上時，早坂同學和柳學長也來了，他們好像也睡不著。

於是演變成五人一起在客廳裡過夜的發展，但是——

當掛鐘敲響宣告午夜零點的鐘聲時。

「來玩遊戲殺時間吧。」

柳學長這麼說著，但是我們都沒帶撲克牌。不過，在館內找一下，或許能找到西洋棋或黑白棋之類的桌上遊戲。

但是學長在那之前發現了那個。

「這是什麼？」

在沙發組的正中央放著一張桌子，上面的燭台旁邊放著一張折起來的活頁紙。

「直到剛剛都沒有那種東西才對——」

學長拿起了活頁紙。我對那東西有印象，那個應該放在我外套的口袋裡才對。為什麼會放在那種地方呢？

「不行，那個不能打開！」

但是，學長先一步打開了活頁紙。

「真．戀愛遊戲？」

那是在參觀校園那天見到的國見小姐遞給我，預計收錄在《真．戀愛筆記》上的戀愛遊戲。

而且聽說還是符合我們狀況的四角關係特化型遊戲。

「來玩這個吧。」

「嘿請等等。」

再怎麼說，這個遊戲也不是用「要玩嗎？」、「來玩玩看吧。」、「於是我們開始玩了起來」這種方式嘗試的東西。

『放棄遊戲』。

這是寫在紙張上的遊戲名稱。

內容非常單純。就是將四角關係的成員分成兩對男女面對面就坐，各個組別像是在照鏡子一樣跟對方做出相同動作的遊戲。

說起具體而言會怎麼樣，照現在的狀況來看，我和橘同學、柳學長和早坂同學會分成一組。

而一旦我和橘同學接吻，柳學長也會跟早坂同學接吻。

「這個遊戲相當過火喔？不僅必須做出跟另一個組合同樣的事，上面還附註了行為的內容必須沒有任何限制。」

到擁抱為止的規則當然也會失效。

「不過，可以『放棄』吧？」

的確是這樣。

我可以在早坂同學和柳學長打算接吻的時候說出『拜託住手』，決定放棄讓遊戲結束。

但是，作為這麼做的懲罰，之後我將無法跟橘同學來往，只能專注在早坂同學身上。

理論是這樣的。

自己的手中有著女孩子Ａ，如果自己真心喜歡的女孩子是A的話，那麼其他女孩無論做了什麼應該都無所謂才是。即使能夠和Ａ接吻，卻又阻止女孩子B和其他男人接吻的話，那就代表比起Ａ更加重視Ｂ。因此就能得出在四角關係中，自己將會選擇B而不是A的解釋……

反過來說，要是柳學長透過放棄阻止了我和橘同學接吻，就代表他忽視了自己身邊的早坂同學，將會被禁止和早坂同學接觸。

「真的要玩嗎？行為將會愈來愈過火喔？」

「我說桐島，你不覺得我們已經到極限了嗎？」

學長露出以往不曾有的認真表情說著。

「我很清楚自己的感情變得十分混亂，而我認為這個遊戲會讓我們的關係變得單純許多。」

就是這樣。這是一款為了外力來強制決定自己真心的遊戲。藉此確認自己究竟會以哪個女孩子為優先。更何況——

「要是沒有人放棄的話，也能就此確認對象。」

沒錯。

因為這個遊戲的行為沒有限制，想做什麼都可以。如果沒有人放棄，就代表會跟身邊的女孩做到最後。反過來說，也就是允許另一個女孩子跟其他男人做到最後。

換句話說，如果沒人放棄，我和橘同學，學長和早坂同學的情侶關係就確定了。

「我和早坂同學就禁止放棄吧。」

橘同學說著。橘同學確實不需要放棄。因為她本來就希望柳學長和早坂同學湊成一對，無論兩人怎麼打情罵俏，她都沒有動機制止。而從橘同學的角度來看，早坂同學存在著拋棄身邊的柳學長，立刻放棄的可能性。

「可以吧，早坂同學？」

「可以喔。」

早坂同學面帶微笑地答應了，這麼一來「放棄遊戲」的規則就此決定。

完全變成了我和學長的膽量競賽。

一旦放棄的話，我就只剩下了早坂同學。

而學長如果放棄，他就只能追求橘同學。

如果我和學長都沒放棄，就將確定以目前的組合交往。

面對這堪稱最終局面的遊戲，房間的氣氛緊張了起來。

「——我去洗把臉。」

學長露出複雜的表情走出客廳，橘同學見水壺空了之後，也雙手抱著水壺走向廚房。

「這樣好嗎？」

我對早坂同學問道，我在看見早坂同學和柳學長一起睡覺時感到了嫉妒。

但如果早坂同學最喜歡的人是柳學長的話，那麼無論柳學長對她做了什麼，我都必須不放棄守望著他們才行。但是——

「可以喔。」

早坂同學果然還是用開朗的表情回答。

「我把柳學長當成了桐島同學，這麼一來就沒問題了。」

「呃，意思是說……」

「咦？難不成桐島同學還以為我喜歡柳學長嗎？真是的～那都是多久以前的事情了啊～」

「我不是說過自己最喜歡桐島同學了嗎。」早坂同學這麼說，趁學長和橘同學不在緊緊抱住了我。

「如果最喜歡我的話，不是應該不想玩這個遊戲嗎？」

「說得沒錯，我不想玩啊。可是桐島同學還想繼續傷害我對吧？想讓我被其他男人觸碰，把自己和其他女人親熱的樣子獻給我看，讓我變得遍體鱗傷又悲慘對吧？可以啊，盡量傷害我吧。不過，你最後還是會溫柔地對待我吧？嘻嘻，那樣我一定又會喜歡桐島同學到腦袋失常的程度吧。」

「我相信桐島同學喔。」早坂同學這麼說著。

「桐島同學最後一定會放棄的對吧？會因為受不了我和柳學長打情罵俏，來阻止我們對吧？這麼一來就必須捨棄橘同學，完全分出勝負了呢。不過，這樣橘同學有點可憐耶～讓她那麼期待，身體還被利用來處理那方面的事情，最後還被拋棄。之後得送很多點心安慰她才行呢～」

「……早坂同學，這只是個假設，如果我沒有選擇早坂同學的話——」

「咦？不可能發生那種事喔？畢竟是桐島同學嘛，桐島同學無論何時都會站在我這邊，我已經只剩下桐島同學了。即使如此，要是桐島同學不肯選我的話——」

此時早坂同學的眼神變得空洞。

「到時候我會把自己送給想要我的人，任何人都可以。畢竟不需要了嘛。沒辦法待在桐島同學身邊的我，我才不要，所以要拋棄掉。」

「…………」

站在一旁的濱波一副忍無可忍的表情大聲喊著。

「快住手～！不要玩這種遊戲啊～！」

但是，事到如今已經停不下來了，柳學長和橘同學回到了這裡。

客廳的沙發上，我和橘同學、柳學長和早坂同學隔著搖曳的蠟燭火光，面對面地坐著，濱波則逃離了這裡。

「開始吧。」

柳學長這麼說，我們三人點了點頭。

「放棄遊戲」。

我們開始嘗試這個遊戲。

第35話　放棄遊戲

雨聲迴盪在洋館裡，不時還會聽見雷鳴。

房間裡燈光昏暗，讓人有種頭暈的感覺，簡直就像在進行祕密儀式一樣。

遊戲首先是由早坂同學依序開始進行。

「我要摸頭～」

她這麼說著將頭往前伸，柳學長輕輕地撫摸著。接著橘同學模仿早坂同學將頭伸了過來，於是我也像柳學長一樣摸著橘同學的頭。

接下來輪到柳學長，他沒有進行肢體接觸，而是提出問題。

「小早坂是從什麼時候開始喜歡我的？」

「國中的時候，偶然看到學長參加足球社比賽的時候開始的。」

或許是回憶起了那時的事，早坂同學害羞似的低下頭去，露出了憧憬其他學校學長，單純學妹的表情。沒錯，早坂同學本來就是這種女孩子。

總覺得自己無法直視眼前的兩人，我開始依樣畫葫蘆。

「橘同學是從什麼時候開始喜歡我的？」

「從小學時你第一次在公園陪我玩的時候開始的，現在我也喜歡你。」

橘同學或許是也想起了那個時候，表情像個少女般說著。我頓時想要抱緊這樣的她，但是忍了下來。理由是如果我這麼做了，柳學長也會緊抱住早坂同學的。

「接下來輪到司郎了。」

聽橘同學這麼說，我稍微想了一會，接著朝橘同學伸出手掌。

「握手。」

橘同學露出一副「沒出息」的掃興表情，乾脆地「汪」了一聲，手握拳放在我的手掌上。

早坂同學見狀很有精神地「汪汪！」叫了一聲，接著跟柳學長握手。那邊的女僕犬比較可愛。

開頭我非常慎重，這是因為自己做出的行為會像照鏡子一樣呈現在我面前。

我不想讓早坂同學和柳學長打情罵俏。

學長也不想讓我和橘同學打情罵俏。

從早坂同學笑嘻嘻的感覺來看，她大概什麼都沒在想。

我打算就這麼踩著煞車進行下去，但是——

輪到橘同學的時候，她直接拉開我放在沙發上的腳，坐在我的雙腿之間，倚靠在我身上。

「從後面抱住我吧。」

她表情慵散地將身體靠在我身上說著。不行吧，我這麼想著。實際上，或許是感覺到了迎面而來的視線，橘同學似乎有些害羞。不過，她依然將頭枕著我的肩膀，在我耳邊小聲說道。

「把我們真正相愛的模樣展示給他們看吧，這麼一來柳和早坂同學都會放棄，一切都能圓滿結束喔。」

以這個遊戲來說，只有橘同學不需要踩煞車，她打算讓另外兩人感到挫折。

橘同學挑釁似的朝他們瞥了一眼。

早坂同學雖然面帶笑容，但似乎是徹底發了火。

『我絕對會讓桐島同學嫉妒主動放棄遊戲，讓你不能跟橘同學在一起。到時候一定要好好遵守規則喔！』

她一邊用眼神這麼示意，一邊跟橘同學一樣坐在柳學長的雙腿之間。

由於兩位女孩的激烈感情衝突，「放棄遊戲」發生了意料外的插曲。

「司郎，快點。」

橘同學不開心似的仰頭看著我。

柳學長愣愣地開口說著。

「覺得討厭的話，你可以放棄的。」

這個瞬間，橘同學露出了快要哭泣的表情。如果我放棄的話，就代表比起橘同學，我更重視早坂同學，我和橘同學之間的可能性也會消失。

真是的，變成怎樣不管喔。

我抱住橘同學，她「啊—」的一聲發出帶有情色的喘息。觸感十分纖細，每次抱住橘同學總是讓人很舒服，光是觸碰她就會感到開心，有種直接感受到她對我的好感，精神層面的快感。

但是，我抬頭一看，發現早坂同學也同樣被柳學長緊緊抱住。學長結實的手臂陷進了溫熱柔軟的身體，正感受著早坂同學據說兩秒就能讓人失去理智的擁抱觸感。

我一邊舒服地抱著女孩子，腦袋卻一邊被嫉妒感壓迫著。

總覺得快要失常了。

柳學長雖然露出痛苦的表情，但視線回到手邊時又害羞了起來，困擾著該如何宣洩情感。這個，沒問題嗎？有股強烈的酩酊感。

「司郎，我喜歡你。」

橘同學露出嬌媚的眼神，舔起了我的脖子。

「柳學長，我喜歡你。」

早坂同學也用她那厚實的舌頭舔舐著學長成熟的頸項。

房間的濕度一口氣增加了。我和柳學長各自讓身穿女僕裝的女孩子放在身前，從後方抱住她們，用炫耀般的姿勢進行著遊戲。

早坂同學的手指在柳學長的大腿內側滑過，透過學長的表情，能看出他感受到了竄上背脊的快感。

橘同學也對我做出了同樣的事，快感從大腿竄到腦門，我忍不住緊緊抱住橘同學。

於是柳學長也同樣用力地抱住早坂同學。

「討厭啦，柳學長。」

早坂同學仰起下巴，張開嘴弓起了腰。被柳學長的手臂夾住，早坂同學的胸部如同被強調般挺了起來。同時因為被抱住，怕熱的她身體已經開始流汗了。

柳學長仔細地打量著自己懷裡的早坂同學，接著將臉貼在她的脖子上。

「啊。」

大概是被氣息觸碰到導致有感覺了吧，早坂同學發出了甜膩的叫聲。

由於看不下去，我也跟學長一樣將臉埋進橘同學的頸項，深深吸了口氣。

「討厭，我還沒洗澡呢。」

雖然嘴上這麼說，敏感的橘同學被我從身後抱住，脖子被吹氣後便開始可愛地掙扎了起來。

她的瞳孔已經失去理智，完全打開了開關。

橘同學握住我的手放到自己嘴邊，接著用舌頭舔起我的食指。

雖然起初她一副渴望的表情慢慢地舔著，但最後她將食指放進嘴裡用力吸吮，發出唾液的聲音。這並不是代替接吻的行為。橘同學忿忿不平地瞥了我一眼，露出一副還想要更多的表情。

「小、小早坂！」

柳學長發出了感覺快要忍不住的聲音。

早坂同學吸吮著柳學長的手指，唾液從她的嘴角滑落，黏糊糊地沾濕了女僕裝的胸口。

兩個女孩像是在較量似的不停舔著手指。唾液帶著黏稠感的聲音，跟風雨聲交織在一起，斷斷續續地傳進我們耳中。

嫉妒、誘惑、好感、混亂、性欲和肉體，在暴風雨的洋館中，形成了隔絕的異世界。

我抓住橘同學的舌頭，往上拉了起來。橘同學抬起下巴，呼出甜膩的氣息扭動身體。面前的早坂同學也在被用同樣的方式玩弄著。

已經不存在順序了。只是單純的有人做出行為，接著其他人進行模仿。

我咬住橘同學的耳朵，彼此的手交握，額頭抵在一起，不斷重複著這種肢體接觸。

於是我們四個人的輪廓逐漸崩塌，融為一體。

我看得出來學長已經成為早坂同學身體的俘虜。雖然他想誠實地和第一順位的橘同學結為連理，但是顯然那是不可能的。既然如此乾脆跟懷裡的早坂同學在一起，學長的身上透露出這種衝動。

如果是一般的四角關係，這下或許已經搞定了。但我和學長都敗給肉體的誘惑沒有放棄，打算照這個配對繼續下去。可是我們早已扭曲了。

早坂同學不時會朝我這裡無聲地動著嘴。

『我相信你喔。』

從後面抱住她的學長看不見。

『還沒好嗎？』

被學長舔耳朵的時候，她也一副很有感覺的表情動著嘴巴。

『變得更加遍體鱗傷就行了嗎？』

在學長因為早坂同學的身體失去理智的現況下，這場遊戲已經變成我的二選一了。

是要放棄遊戲選擇早坂同學拋棄橘同學，還是不放棄遊戲選擇橘同學，將早坂同學交給學長。

我徹底被夾在了中間。

而且那些女孩子在沒被我選上時，一個說希望我去死，另一個則是說會隨便把自己捨棄掉。

我必須思考應該怎麼做。

但是，在嫉妒和快感的交互衝擊下，我的思緒非常遲鈍。

在這個狀況下，沒必要踩煞車的橘同學終於拋棄了理智。

「吶，司郎……」

即使因為察覺到兩人的視線有些害羞，她依然倚靠在我身上，小聲地說著「我忍不住了」。

「……我想要你摸我的胸部。」

◇

雖然橘同學基本上是個害羞的人，但在玩戀愛遊戲時往往會失去理智。這次她似乎也打開了開關，其中或許包含了要現給早坂同學看的意圖也說不定。

「不要……隔著內衣……」

她這麼說著將手伸到背後，熟練地隔著衣服解開扣環，從衣服裡將內衣掀了起來。

早坂同學見狀也做了同樣的事。

『因為我把他當作桐島同學。』

她無聲地這麼說著。

橘同學已經不再看著早坂同學，而是抓著我的雙手移到自己的胸前。

隔著女僕裝，拘謹的胸部觸感從手上傳來。

我衝動地抓住橘同學嬌小的胸部，開始撫摸。

「啊……司郎……喜歡你……我喜歡你……」

她開始發出甜膩的叫聲——於此同時。

「啊……嗚啊……啊啊……」

早坂同學呻吟似的聲音傳了過來。

我大受打擊。

柳學長的手搓揉著早坂同學雄偉的胸部，如同在玩弄般改變著形狀。

腦中閃過跟早坂同學之間發生的事。在探望感冒、文化祭準備期間的夜晚、在我房間、以及愛情賓館時，她那總是會為了我變得濕潤的身體……

這個狀況是怎麼回事？

他們三個是來把我的腦袋弄壞的嗎？

暴風雨或許結束了，已經聽不見風雨的聲音，傳進耳裡的只剩下兩個女孩子的呻吟聲。

「司郎……還要……還要……」

橘同學開口央求著。我的腦袋已經失去理智，變得想欺負獨自逐漸沉淪的橘同學，便伸手從女僕裝上面撫摸著她的肌膚。

即使隔著布料，也能清楚知道她的胸部前端聳立了起來。

「討厭……好害羞……不要。」

橘同學在我懷裡掙扎著，我就這麼捏住，拉著她胸部的前端。

她大聲地叫了出來，而於此同時——

「哇啊！這樣、柳學長，太激烈了……哇啊！」

早坂同學也發出了嬌膩的聲音。抬頭一看，柳學長也捏住、拉扯著早坂同學的胸部前端。

這就是其中一個未來。

要是我選擇了橘同學，早坂同學不僅會跟柳學長，還會跟其他男人做這種事。

而我不希望早坂同學變成那樣，希望她只跟我一個人做那種事。

但是，如果不選早坂同學，事情就會變成那樣。

只愛一個人之類的話只不過是幻想。我抱持著這種想法對喜歡備胎的事表示肯定。而現在，這件事被擺在了我面前。

早坂同學明顯有了感覺。

我並不懷疑她對我的好感。但實際上，說起我是否只能和早坂同學和橘同學做那檔事，答案是否定的。要是氣氛對了，我也會跟酒井做。這並不是在談論出軌與否的事，而是說起那種行為，並不是只能跟單一對象做的意思。

那麼早坂同學只會跟我做那種事嗎？

不，如果是跟有著一定程度以上好感的對象，恐怕是能夠做的。這是個假設。但這個狀況目前正呈現在我面前。

作為例外，橘同學只能跟我做。不過就算是這樣，只要分析一下，就會知道她只是把事情當作理想，把自己關進了那種精神牢籠裡罷了。

這就是現實。

所謂的愛情非常容易動搖，充滿不確定性，並非絕對的。

正因為是這種轉瞬即逝的東西，愛才彌足珍貴。

我們總是渴望被愛，想被人不顧一切，像個傻瓜似的愛著。

因為愛著自己的人很難得到，人在遇到那種人時總會想拚命地回報愛情，想要實現對方的所有願望，讓對方拚命撒嬌，把對方徹底寵壞。

這種對象居然有兩個，我被夾在中間，目前正面臨著死亡。

該怎麼辦才好啊？

無論怎麼逃避進思考的世界，我的意識還是會回到洋館的客廳裡。

當我不知該如何是好，胡思亂想的時候，一個小時就這麼過去了。

這段期間，我和柳學長一直持續玩弄著懷中女僕的胸部。

「司郎……不能再繼續下去了……我，要死掉了啦……」

橘同學已經受不了了。

「嗚啊……哇啊啊……」

早坂同學則是眼神空洞地不斷呻吟著。

該怎麼辦？我到底該怎麼辦？

『桐島同學，還沒好嗎？』

早坂同學動著嘴巴。

『我已經受夠了，桐島同學比較好。』

我頓時想要立刻放棄，但當我一有這種念頭，橘同學隨即用像是在「只看我一個人吧。」的感覺將手放在我的臉頰上。

「司郎，為什麼？為什麼你不肯吻我呢？」

汗水淋漓的橘同學含著貼在臉頰上的頭髮，在我沉浸在思考世界裡的這個小時裡，她似乎一直在跟我索吻。

「我的身體不只有胸部喔。」

橘同學這麼說著扭動身體，一邊不讓面對面的兩人看見，一邊抓著我的手伸進裙底。裡面——濕成了一片。就像尿褲子一樣，連大腿都濕透了。

只要手指沿著較濕的地方滑過去，就能碰到柔軟的內褲。

她已經濕到不需要溫柔觸摸的程度，我就這麼將手指伸進內褲裡。

橘同學已經不再呻吟，她張開嘴巴，伸出了舌頭。

接吻之後，橘同學的身體開心地顫抖著。

我一邊侵犯著她的口腔，一邊用手指在她的內褲裡攪動著。久違的接吻讓我非常興奮，橘同學也將舌頭纏了上來，難受地喘著氣。

我的中指伸進了橘同學的那裡。

她隨即連接吻都做不到了，臉抵在我胸前激烈地喘著氣。

那裡非常狹窄，緊纏著我的指尖到會痛的程度。我將自己手指第一指節的突起當成起點，在入口附近很淺的地方持續挪動著。

裙子的裡面微微地發出了水聲。

做到這個地步，原本沉迷在早坂同學身上的柳學長也愣愣地看著我們。畢竟自己那麼喜歡的女孩子正被其他男人的手伸進裙底撫摸著。

早坂同學緊抿著嘴，熱切地看著我們。

察覺到兩人的視線，橘同學很害羞似的縮起身子。但似乎是敗給了快感，她不停地在我胸前吐出濕熱的氣息。然後——

「……要來了…………啊…………來了！」

她非常小聲地這麼說著，身體顫抖了兩三下，接著全身失去了力氣。

橘同學露出了恍惚的表情。

明明是個害羞的人，還是個戀愛新手，但卻在兩人面前高潮了。

這就是橘同學的主張。

她露出滿足似的表情，朝早坂同學瞥了一眼。

而早坂同學她——

「嘿嘿，是飛機杯呢……飛機杯又在做了……」

露出了既像是在笑，又像是在哭的凌亂表情，說出了這種話。

橘同學見狀，用會讓人背脊一涼的冰冷表情說道。

「快點做吧。你們做完之後，我會繼續做下去。就讓妳知道……我跟司郎之間，沒有早坂同學能介入的空間。」

於是事情變成了這樣。

柳學長動作戰戰兢兢地將手指放在早坂同學的大腿之間，一隻手猶豫著是否該伸進裙底，另一隻手則觸摸著早坂同學的下巴。

我做的事情不光是將手伸進裙子裡摸索，還有接吻。

現在他們正打算那麼做。

『桐島同學，還沒好嗎？』

早坂同學用眼神示意要我放棄。

「司郎……不行啦……」

橘同學緊緊抱住了我，但是見到柳學長抬起早坂同學下巴作勢準備接吻，再加上另一隻手即將伸進她裙襬的模樣，我的精神幾乎崩潰。

快停下來。不只是這個遊戲，快點停下這個狀況吧。

柳學長的嘴唇逐漸靠近早坂同學的臉。在我心想著「快住手」的時候，柳學長的臉湊到了早坂同學的頸部，原以為得救了，但其實不然。

「啊啊！」

早坂同學的身體顫抖，叫了出來。

「要是被這樣吸的話……會留下痕跡的……」

喂，也不准這麼做！她可是我的早坂同學耶，可惡！

我將嘴唇湊向眼前白皙的頸項，用力吸了一口。於是橘同學也發出了甜膩的叫聲。柳學長臉上維持著苦澀的表情，從早坂同學的脖子一路吸到肩膀，留下了好幾個吻痕。

「嗚啊……哇啊……」

早坂同學呻吟著。

我也在橘同學的肌膚上留下痕跡，雖然同時想對早坂同學這麼做，但我辦不到。於是我將手伸進橘同學的裙子裡，撫摸著她濕掉的那裡，揉捏她的胸部，讓橘同學整個人逐漸融化。

腦中一片混亂，這是怎麼回事，快住手。

此時柳學長或許是終於下定了決心，開始掀起早坂同學的裙襬。她白皙的大腿露了出來，學長像是也打算接吻似的將臉湊了過去。

我雖然想放棄，但也無法捨棄懷裡那只屬於我的女孩。

但要是放著不管的話早坂同學——

快點打雷，劈下來吧。現在立刻把這座洋館燒掉。

但是雷電沒有落下，當柳學長的嘴唇快要碰到早坂同學的嘴唇，我的腦袋揪成一團的時候。

「還是停手吧。」

說出這句話的——

是柳學長，他的手按著額頭。

「做這種事情很詭異，是錯誤的。」

他呼吸很急促，臉上的表情十分困惑，逃跑似的走向通往走廊的門。

「今晚的事全都當作沒發生過吧。僅限一晚交換對象的事情也一樣……不要依靠遊戲，而是更加細心、認真地依照一開始決定期限進行吧。我好像失常了……今晚好好地分房睡吧……抱歉，我有點不舒服……」

接著這麼說完就離開了客廳。

現場剩下三個人，過了一會之後——

「桐島同學，我一直相信著你喔。」

早坂同學說完後，一把推開橘同學抱住了我。

「嘿嘿，柳學長雖然打算把一切都當沒發生過，但那個算是放棄吧？代表比起我，他選擇了橘同學對吧？這樣柳學長就不能跟我接觸了呢。唉～我想被柳學長選上的說～」

早坂同學高興地蹦蹦跳跳的。

「這下我真的只剩下桐島同學，剩下既過分又人渣的桐島同學了，畢竟都讓別的男人碰了我的胸部嘛。其實我很不願意，希望你早點來幫我喔。畢竟那個叫柳的人非常下流嘛。即便如此他還是在最後捨棄了我的身體，留下了跟橘同學在一起的可能性，真是悲慘。還害我以為自己不被任何人需要，差點就大哭出來了呢。不過桐島同學還是在最後的最後像這樣救了我呢，腦袋要壞掉了。我喜歡你我喜

歡你我喜歡你我喜歡你我喜歡你我喜歡你我喜歡你我喜歡你我喜歡你我喜歡你——」

早坂同學一邊說個不停，一邊將沒有戴胸罩的胸部貼了過來，吻住了我。

「做吧，來做嘛。不需要做什麼準備，直接做吧。哇啊，現在做的話感覺自己會變得一塌糊塗，絕對能讓桐島同學覺得很舒服的。被奇怪的男人留下了一堆吻痕，幫我蓋掉嘛。」

她的眼神失去了理智，對著她的側臉——

橘同學搧了一巴掌。

她下手毫不留情，發出了很誇張的聲音。早坂同學倒在地上。橘同學抓住早坂同學的胸口拉她起身，用宛如修羅般的表情瞪著她說道。

「別對我男朋友做奇怪的事。」

「……桐島同學，幫幫我。」

早坂同學抓住了我衣服的袖子。

「先暫時冷靜一下——」

我這麼說著，但橘同學聽不進去。

「不准再碰我的男朋友。」

「橘同學的男朋友，現在是那個叫柳的人吧。」

「……那就好好遵守只能擁抱的規則。」

「先犯規變成飛機杯的人是橘同學吧。」

橘同學瞪大眼睛，又打了早坂同學一巴掌。雖然她激動到我光看就覺得可怕，早坂同學卻「嘿

嘿」笑了出來。

「飛機杯居然在打人，飛機杯在生氣耶。」

橘同學抓住早坂同學的頭髮，接著打了她好幾巴掌。

我介入了兩人之間。

早坂同學趁機撲進我懷裡抱住了我。

「好可怕喔～」

見我擺出保護早坂同學的模樣，橘同學很懊悔似的咬著下唇。

「為什麼？」

「不，就說暴力不太好了……」

「話是這麼說沒錯……司郎……你好過分……」

橘同學露出了非常寂寞的表情。

像是打算落井下石般，早坂同學從我懷裡開口說著。

「橘同學快點離開吧，妳聽見了對吧？在那個叫柳的人說出『還是住手吧』站起來的時候。」

柳學長大概因為自己的聲音沒聽到吧。

但是，在我懷裡的橘同學肯定聽見了。

在柳學長放棄的同一時間——

我用非常小的聲音——

「桐島同學說了『住手吧』，選擇了我喔。」

◇

隔天早上，暴風雨已經離開，天色晴空萬里。

巴士行駛在陽光灑落的樹林間，車廂內非常平靜，從車窗看到的風景很美。

昨天我們非常失常。

一定是這棟有詭異傳聞洋館的錯。

出發前，大家不約而同地這麼做出結論。在失去正常判斷力的狀態下進行「放棄遊戲」是個錯誤，那是個失控的遊戲。

《真・戀愛筆記》絕對不能公諸於世，我這麼想著。

雖然昨晚發生的事全都被我們當作參考，但毫無疑問在我們心中留下了深深的傷痕。

柳學長說過，希望橘同學到自己畢業為止都能當他的女友。

這是一開始的提議。

橘同學答應了他，於是早坂同學和柳學長交往的可能性就此徹底斷絕。奇妙的是，「放棄遊戲」的規則就這麼被遵守了。

當然，橘同學明顯不打算改變因為報恩而形式上交往的立場。

我原本想藉由其中一人和柳學長湊成一對來進行軟著陸。但回顧昨晚發生的事，就知道實現的可能性連萬分之一都沒有。

我已經無處可逃。

那句我小聲說出的『住手吧』，也壓在我的心頭。

早坂同學和橘同學也不再並肩坐在一起。

大家分散地坐在巴士裡。

昨晚的風暴徹底摧毀了我們四人的關係。

只有濱波坐在我身邊。

「全部都是那間洋館的錯……某種東西附在我們身上，讓我們做了各式各樣的事……大家樣子都很奇怪……」

「關於這件事——」

濱波小心翼翼的開口說著。

「看來那間洋館的靈異現象是假的。」

「咦？什麼意思？」

「很抱歉，雖然是我先提出來的……」

濱波說的同時將手機畫面拿給我看。靈異網站上的內容似乎全部都是八卦。說起為什麼要造成這種傳聞——

「似乎是為了用來拍驚悚片。」

那是一部很有名的電影。有段時間經常在廣告時播放的預告片裡，應該有出現殺人狂用鏈條封住大門，或是在客房吊死人的場景。

濱波眯起眼睛環顧車廂內說道：

「……該說是大家太容易受影響，還是有點太會看氣氛了呢？」

我嘆了口氣說著。

「怪不得感覺很眼熟呢。」

第36話 春雷

這是午休時，在社團教室發生的事。

橘同學打開窗戶眺望著中庭。

明明還是二月，天氣卻如同春天般溫暖，窗戶吹進的風很暖和。

多雲的天空下，三年級的男女坐在中庭長椅上。

「中山學長和大倉學姊？」

聽我這麼問，橘同學懶散地「嗯」一聲回應著。

中山學長和大倉學姊是前年文化祭情侶競賽的冠軍。是一對得到將來會結婚這個迷信的情侶，橘同學非常喜歡看著他們。

「吶，司郎，你知道嗎？」

「知道什麼？」

「中山學長和大倉學姊兩人獨處的時候，似乎跟在學校的時候不一樣喔。」

印象中，輕浮的中山學長經常被穩重的大倉學姊教訓，不過——

「據說中山學長在校外非常正經，給人十分可靠的感覺。大倉學姊則是撒嬌地跟著他呢。」

「聽妳這麼說，好像真有可能呢。」

「棒極了對吧。」

中庭裡，中山學長一如往常地打算去摸被譽為女子排球社王牌的大倉學姊的胸部，並且被拍掉了手。不過，兩人獨處時應該不是這樣吧。

「比起這個，橘同學——」

「你什麼都不必說喔。」

「不能這麼做吧。」

「司郎什麼都不用做，我會跟早坂同學商量決定的。」

橘同學露出憂鬱的表情，一直看著中庭。

最近她一直都是這樣。

橘同學打算老實地在柳學長畢業前當好他的女朋友。前陣子柳學長說要參加業餘足球比賽時，她也好好地前往運動公園聲援。因為規則，我和早坂同學姑且也到了場。

橘同學隔著網子眺望著球場。

柳學長因為受傷放棄了足球，不過，他似乎覺得踢不好就放棄是錯誤的，於是為了在大學復出而開始努力。

如果是一般的女孩子，或許會因為感動從旁支持著他也說不定。但那並不是橘同學所追求的。

說到底，橘同學對柳學長本來就沒有任何期望。

她淡然地遞出毛巾和飲料的模樣非常殘酷。

她似乎也跟著學長前往大學的考試會場，並且說了「加油」。橘同學那句「加油」肯定讓他覺得很空虛吧。

從柳學長傳過來的照片表情中，可以看出他的放棄和遺憾。

我們非常清楚，很多事情都已經到了臨界點。

如果不快點處理，只會一直互相傷害而已。

就算所有人都分開也無所謂。有一次我曾經帶著自暴自棄的心情，對早坂同學和橘同學說「讓一切結束比較好吧」。

隔天放學後，我被叫到了社團教室。

那是個非常寒冷的日子。

兩人穿著從洋館帶回來的女僕裝，手牽手坐在沙發上。

「我們感情很好喔。」

「如果不這麼做，桐島同學會逃走吧。畢竟不希望自己是我們吵架的原因，是個不想成為壞人的人渣嘛。」

「不對，只是司郎很弱小而已。」

我們感情很好，不要緊的，所以不要逃走喔。

兩人這麼對我說。

當我說出「感情不可能很好吧」，她們兩個隨即抱住彼此開始接吻。

看吧，我們感情很好。

你喜歡這樣子對吧？

橘同學是被動的一方。兩人一邊接吻一邊互相撫摸。當一切結束之後，現場只剩下兩個躺在沙發上渾身無力的女孩子，以及室外機的低沉聲響。

這裡散發著舒適的頹廢氣息。

雖然以瞬間拍下的照片而言毫無疑問是美麗的，但其中沒有任何持續性和將來性。換句話說，就是沒有未來。

從那天開始，早坂同學和橘同學又開始了表面上的融洽關係。

不過，那麼激烈的爭吵過後是不可能恢復如初的。那就像是每當下雨就會疼痛的舊傷一樣，是會一輩子留下痕跡的東西。

只能由我強硬地做出選擇了。

所以我開了口。

「橘同學，我有話想說。」

「沒什麼好說的。」

橘同學一直俯瞰著中庭。

「我們明明也能變成那樣的。」

對橘同學來說，中山學長和大倉學姊是她的理想。我們同樣是在情侶競賽奪得冠軍，被全校學生公認的恩愛情侶，沒有任何人介入的空間。但是——

「真想變成那樣。」

就在橘同學這麼說完之後。

中山學長和大倉學姊從長椅上起身，他們的表情看起來比高三的學生還要成熟。接著，兩人的對話乘著風聲傳了過來。

「那麼，我們就在今天分手吧。」

「是啊，說到畢業典禮為止那麼做作的話也有點那個。」

「去了那邊之後也要加油喔。」

橘同學默默地關上窗戶。

露出宛如刀子般冰冷的表情說著。

「司郎，我們走吧。」

◇

在看似即將下雨的天空下，我們沿著河岸走在堤防上。

現在班上同學應該在上課吧。

走吧。

橘同學說完後走出社團教室，在鞋櫃那穿上樂福鞋，離開了學校。

就算我對她說：「現在是午休喔。」她也只回了句：「無所謂。」

因為橘同學一副會就此消失的模樣，我擔心地一直跟在她身邊。

我們已經沿著堤防走了將近一個小時。

「要去哪裡？」

橘同學瞥了我一眼後說道。

「遙遠的地方。」

雖然看起來像是自暴自棄，但她似乎並非完全沒有目的。

「我們私奔吧。」

她這麼說著，握住了我的手。

「我已經全都知道了。」

據說橘同學是在決定輪替的時候，得知早坂同學說自己原本喜歡柳學長，但感覺沒機會所以才跟我交往的。

「司郎最喜歡的人是我對吧。」

「反正我想你肯定不會說出來。」橘同學繼續說著。

「因為跟早坂同學發生了許多事，導致沒辦法跟她分手了吧？還有顧慮到柳的心情對吧？沒錯，如果在我和早坂同學以備胎身分交往之前，橘同學就先表態自己喜歡我，柳學長也喜歡上早坂同學的話，我們關係的拼圖就能完美地拼好。

但是，我們的感情很容易變化，已經發生了改變。

到了現在已動彈不得，所以——

「只要私奔就行了。」

這麼一來就擺脫了周圍的束縛，彼此是第一順位的我們就能無需顧慮他人地生活下去，橘同學是這麼說的。

「雖然可能會有點辛苦。」

橘同學似乎打算去稍微鄉下的港口小鎮。

「首先要租一間小型的公寓房間吧，一間從窗戶能看見海的房間。」

橘同學說錢就由她去賺。

「我會去旅館或餐廳之類的地方工作。」

女服務生的打扮，橘同學或許很適合也說不定。

「如果沒被錄用的話，只要去那種店當陪酒的就行了。所以司郎不用工作，專心讀書就好了。」

她說要我參加大學考試檢定，以考上大學為目標。

「到司郎大學畢業為止，生活費我會想辦法的。所以等到就職之後要讓我輕鬆點喔。」

橘同學也說起了生活計畫。

「每天早上，我都會用做味噌湯的聲音叫司郎起床。」

「我沒有妳會早起的印象耶。」

由於橘同學狠狠地瞪了過來，我閉上了嘴。

「我們會睡在同一張被窩裡，光是這樣我就很幸福了。雖然也拚命地做家事，但還是會被喝醉酒的司郎踢。」

「喂。」

「司郎會拿我工作賺來的錢去花天酒地，我勸他住手卻挨了打，把我打倒在地。」

「想像力真豐富耶。」

「由於我有著請他跟我私奔這個把柄，就算被踢還是被打都只能不停道歉，只能獨自在房間裡哭著等待拿錢出去玩的司郎回家。」

「我不會做那麼過分的事。」

「真的嗎？」

「如果事情真的變成那樣，我會好好努力的。」

「這麼一來我們就能變得幸福了呢。」

橘同學看起來有些開心，但很快又露出了冰冷的表情。眼中看起來寄宿著冷靜的決心。

「那樣是錯誤的。」

她筆直地看著前方說道。

「明明喜歡對方卻要分手，絕對是錯誤的。」

她指的是中山學長和大倉學姊的事。從中庭的對話來看，他們似乎是為了將來的目標才決定分手的。據說中山學長打算出國，他認為比起談會對彼此造成負擔的遠距離戀愛，還不如各自專注在念書，以及讓大倉學姊專注練習加入排球聯盟比較好。

真是成熟。

如果有人為了十幾歲的戀愛放棄將來的可能性，任誰都會阻止他的。

可是——

「那樣絕對不算幸福。不斷加油努力實現了夢想，但是喜歡的人卻不在身邊了，我才不要那樣。」

達成目標，成為優秀的大人，屆時再去找出適合自己的優秀伴侶。這是一條非常現實，通往幸福的道路。

再過一段時間，橘同學的想法或許會改變也說不定。

但是橘同學是個十七歲，擁有如同玻璃般纖細感性的女孩子，這就是一切。

在雙腳筋疲力盡之前，我們一直走著。

周圍的景色有了改變，感覺真的能夠走到橘同學描繪的，散發哀愁氛圍的港口小鎮。

但是天色在不久後變得昏暗，開始打雷。

隨後滴滴答答下起了雨。

橘同學緊抿著嘴不斷走著。

她的腳步愈來愈快，接著在看起來隨時都會奔跑的時候停下腳步，用宛如從牙縫間擠出的聲音說道。

「我，是個小孩。」

當橘同學開始哭泣的同時，雨下得更大了。

「一直想著必須在下雨前回去才行。」

橘同學的表情皺成一團，試圖忍住不哭，但卻忍不住發出嗚咽聲哭了出來。

那是悔恨的淚水。

到頭來，私奔這種事一點都不切實際。

在十五歲的時候，我也想過要離家出走獨自活下去。

那是受到了小說的影響。我下定決心要和書中主角一樣，透過仰臥起坐鍛鍊身體，乘坐巴士前往遠方，在個人經營的圖書館工作。於是我在背包裡塞滿行李，連巴士車票都買好了。但是僅只於此。我只是在巴士車站看著那輛巴士離開而已。

我覺得這樣就行了。畢竟我已經知道，不可能存在個人經營，願意僱用十五歲少年的圖書館。

我認為橘同學想去的港口小鎮大概也是一樣。

我牽起橘同學被雨淋濕的手，循原路回去。

我們哪裡都去不了。

來到學校附近時雨停了，天空恢復晴朗。橘同學回到社團教室，用毛巾擦完頭髮換上襯衫後，就這麼直接回家了。

搞不好我應該跟她一起哭泣才對。但是我沒能做到，這讓我有點悲傷。

即使是橘同學為自己的無力哭泣的那天晚上，我依然正常地前往補習班，和早坂同學一起朝著大學考試努力念書。

下課後，我拿起手機一看，發現收到了橘同學傳來的簡訊。

上面寫著她從玲女士的錢包偷走信用卡、拿走家裡的現金、溫泉區正在徵人且提供住宿，以及買好了夜間列車車票的事。

夜間列車將在今晚十一點三十分從上野出發。

橘同學說會在上野公園等我。
如果司郎不來的話，我會獨自消失。
簡訊上這麼寫著。

◇

八點十五分。
距離夜行列車出發還有三個小時左右，我漫無目的地在市中心走著。
我不知道橘同學究竟認真到什麼程度。
無論如何，要是我不去的話，總覺得橘同學會就此消失。因為她非常信賴自己瞬間的感覺。
我開始覺得沒能一起哭泣，還若無其事地前往補習班的自己非常骯髒。
不去車站的藉口要多少有多少。
「不行喔。」
走出補習班校舍的時候，早坂同學或許是察覺了什麼，她如此說著。
「桐島同學是我的男朋友，已經選擇了我喔。」
「無論是禁止偷跑的規則，還是在洋館玩遊戲的時候，你都選了我喔。」早坂同學這麼說著。
「橘同學很差勁，非常危險，總有一天會毀掉桐島同學的。」
接著繼續說道：「今晚來我家一起吃飯吧，媽媽很想跟桐島同學見個面。」

就算我說今晚不行，早坂同學也聽不進去。

「我會等你喔！就算要等到早上也會等你喔！」

她說著有東西要準備，隨即揮著手先一步離開了。

而我不知該如何是好，只能在街上散步著。

要是不去上野車站橘同學就會毀滅。就算去了，我認為也只會兩人一起毀滅。是只有我們兩人通往死路的未來。

要是不去就能跟早坂同學在一起，能看到成為普通情侶的未來。

但要是這麼做，很明顯橘同學將會受到無法挽回的傷害。這是因為她捨棄了一切在等著我。

為了能夠兩人獨處，橘同學在對我表示，一起邁向毀滅吧。

我認為這和早坂同學很像。早坂同學因為想跟我一起變得亂七八糟，毀掉了自己的學校生活。

如果只是捨棄自己乖孩子的評價，以及清純的標籤倒還好，但她反而還留下了完全相反的形象。

前陣子還被男生叫去長廊上。原以為她又是跟往常一樣被人告白，於是我便從社團教室守望著，但是在她拒絕之後，就被說了一堆下流的話……明明是這樣卻還一副高高在上的樣子，那似乎就是他的目的。

「沒關係的，我有桐島同學在嘛。只要有桐島同學在就夠了。」

隨後我跟早坂同學搭話時，她笑著這麼說。

「社群網站的帳號上也被留了一堆色情的留言。經常有人傳匿名訊息過來，像是三人一起做吧，之類的。」

跟我成為公認情侶的早坂同學情緒非常穩定。不過在偶爾情緒不穩的時候，還是會說出像是在賤賣自己的話。

「要是沒被桐島同學選上的話？那樣的話就跟之前說的一樣啊。會隨便把自己獻出去，畢竟我不需要那樣的自己嘛。不過要是第一次突然被好幾個男人上的話，感覺很討厭耶。」

我認為她們兩個對我宣洩太多了。

雖然喜歡這種感情總是被視為正面的，就算多過頭感覺也沒問題。但她們在傷害自己之餘對我表現出這種感情，我感覺自己快被壓垮了。

當我想著這種事情的時候，距離夜間列車出發已經剩下不到三小時，我的情況非常不妙。

總覺得街上的燈光也開始變得模糊。

這個時候，我在擁擠的人群中發現了熟悉的面孔，於是我用雙手比出了「ＹＡ」的手勢。

「這不是桐島嗎。」

是酒井。現在的她撥起瀏海拿下了眼鏡。既然是美女模式的話，代表她之前或許是在跟人約會吧。

「你在幹嘛？感覺心情非常好呢。」

「來得正好，我有事想問酒井。」

「真突然耶。」

我將自己被橘同學用宛如破碎玻璃的感性抵住喉嚨，必須在幾小時後做出選擇的事說了出來。

當我們走到人煙稀少的小巷子之後，酒井停下了腳步。

「嗚哇……」

「會不會事情其實沒那麼嚴重？雖然她們兩個現在很亢奮，但該說是過一段時間就會冷靜下來，還是說被我甩了也不會有什麼影響呢。妳看嘛，她們兩個都那麼受歡迎，就算被我深深傷害，大概也能受一點傷就了事吧……」

「你想逃避呢～」

酒井很開心似的笑著，向前一步走到鼻尖即將碰到的距離。

「可以抱緊我喔。」

「咦？」

「別管那麼多。」

聽她這麼說，我抱住了酒井。感受到香甜的氣味，以及從她時尚的外表無法想像，豐腴的柔軟觸感。

「也來接吻吧。」

我吻住了酒井單薄的嘴唇。

「跟小西和橘同學比起來如何？」

她叫我老實說，於是我回答道。

「總覺得不太一樣。」

酒井毫無疑問很有魅力，換做是以前的我絕對會興奮得不得了，但即使被酒井的性感給迷住，也感受不到和早坂同學或橘同學擁抱時的熱情。

「大概是桐島真正有喜歡的人了。」

「這不是在裝模作樣。」酒井說著。

「你大概一輩子都不會再遇到跟小茜或橘同學一樣有感覺的人了吧？」

或許是這樣。酒井接著表示，這對於早坂同學和橘同學也是一樣的。

「所以桐島你只能繼續做下去了。」

「真殘酷呢。」酒井在我耳邊說著。

要是沒被桐島選上的話——

「橘同學大概一輩子都不會談戀愛了吧。感覺也不會再次露出笑容。不過，這樣就能結束倒還好，或許會發生更加悲慘的事呢，畢竟橘同學很危險啊。」

喂，住手，別再逼我了。

「小茜絕對會把自己賤賣掉吧。其實很多喔，像這種藉由跟許多人發生關係，來稀釋她們失去的那個最重要，僅此唯一的愛情的價值。說服自己那也沒什麼大不了來過生活的女孩子。小茜很多人搶著要，所以肯定馬上就會有很多經驗吧。像是想玩玩的男人，或是有錢的大叔都會聚集過來。到時候可能會被壞男人拐跑，被當成寵物也說不定。」

該怎麼辦？

聽酒井這麼說，我一邊想著「這怎麼可能有辦法」，一邊又覺得必須想辦法，但到頭來還是覺得無能為力，於是我躺在地上大哭了起來。

「嗚呀～！嗚啊～！嗚呀～！」

我痛苦地打滾著，手腳不停地亂揮，但這麼做什麼問題都解決不了。我滿心只想逃跑，哭得更加大聲。

「嗚呀～！嗚呀～！嗚呀～！」

見酒井笑得非常開心，我覺得時間就此停止，一輩子這樣也不錯。

「這是桐島史上最帥的模樣喔，好乖好乖好乖～」

酒井將手指伸進我嘴裡，我吸吮著她的手指。

「不過裝成被害人不好喔，被兩個女孩子說喜歡，非常愉快對吧？」

嗯，我這麼點了點頭。

愉快得不得了。

「愛情愈是沉重，就愈是覺得想要對吧。」

是的，我點了點頭。

被愛有著令人畏懼的快感。

「見到不會笑的女孩子只對自己笑，開心嗎？」

非常開心。

這讓我對周圍的男人，進一步來說是對柳學長很有優越感。

「讓戀愛新手逐漸染上自己的顏色，很開心對吧？」

棒極了。

「大家的清純偶像只在自己面前失控，很愉快嗎？」

這也讓我很有優越感，最棒了。

「那麼清純的女孩子因為自己的緣故，變得會被大家叫做婊子或妓女，你有什麼想法？」

雖然有罪惡感，但莫名地感到心跳加速。

「看到她們兩個愈來愈瘋狂，感覺如何？」

覺得非常美麗。

「真是人渣呢～」

酒井笑著說。

我確實有著一堆人渣般的情感。可是、可是——

「我是真心喜歡她們兩個，希望她們能得到幸福。這個心情是真心的，這就是一切。」

但那是不可能的。

我緊緊抓住酒井的鞋子。

「酒井，殺了我吧……嗚哇、嗚啊……殺了我吧。」

但是酒井說著「不～行。」並彈了我的額頭。

「會殺掉桐島的人，不是小茜就是橘同學。」

「別說那種不吉利的話。」

「好了，差不多該站起來了。你沒時間睡覺了不是嗎。」

「今晚就做出選擇吧。」酒井說道。

「桐島能好好做出選擇的。」

「妳怎麼知道。」

「反正你一定會選壞掉、比較弱小的一方，你就是這種男人。」

我心中的確有著這種傾向。

如果順著這種傾向，我很清楚自己會選擇誰。同時也覺得這樣就行了。

和酒井分別之後，我朝約定的上野公園走去。

無論要選擇哪一個，我都不能讓橘同學坐上夜間列車。

橘同學應該也很清楚，十一點三十分開的列車並非通往樂園。

我搭乘山手線前往上野。夜晚的大樓群、酒店的燈光。我沒來由地看了一眼手機，上面寫著櫻花盛開的新聞。由於溫暖的氣候一直持續著，睽違十幾年在三月的這時候開花了。

就在我滑動著有人上傳夜櫻照片的時間軸時，電車抵達了車站。

當我急忙走出了剪票口，突然感到一陣暈眩。這次持續的比以往更久，回過神來我已經倒在了地上。太陽穴附近很痛。我雖然想站起身，卻又立刻跌倒在地。失去了上下的感覺，我明明想起身，但是臉卻貼在地上。

真是莫名其妙。

周圍的嘈雜聲聽起來非常遙遠。

有人一直喊著：「救護車、叫救護車！」

不是這樣。我必須去的地方不是醫院，而是橘同學等待的地方。她一直獨自在那裡等待著。

但是我的身體動彈不得，視野變得模糊，逐漸暗了下去。

最後浮現在我腦海的，是一個人佇立在飄落櫻花之中的橘同學。

◇

當我醒來時，發現自己躺在床上。

白色的天花板、白色的窗簾、白色的棉被，我立刻察覺到自己在醫院。早坂同學坐在床邊的椅子上，頭枕著我的腿睡著了。

我稍微動了一下，早坂同學隨即抬起頭，露出她那張哭腫眼睛的臉。

「太好了！」

見到我清醒，她握住了我的手。

「我很擔心喔。」

「早坂同學，口水流下來了。」

「我去叫醫生，另外伯母和你妹妹也來了喔。」

「果然會用我的袖子擦口水啊。」

「嘿嘿。」

發生在我身上的事似乎沒那麼嚴重。據說媽媽跟妹妹是在病房待膩了，所以跑去便利商店。原因是之前在東京車站撞到頭的緣故。

「醫生好像說是頭骨內部的壓力？之類的。然後……那個……嗯……」

「看來妳記不太清楚呢。」

「總、總而言之，他說只要打完點滴就沒事了！」

仔細一看，我的手上連著一條管子。

「我可是很生氣喔。」

早坂同學說著。

「為什麼不告訴我你住院了。」

「不，該說是不想讓妳擔心嗎……」

就在談著這種事時，我感覺到自己臉色逐漸變得蒼白。

「現在幾點了？」

「咦？」

「時間。」

病房的牆壁上掛著時鐘。

時間是凌晨三點。

當我像是跌下床似的打算離開的時候——

「不可以去！」

早坂同學尖叫似的大叫著，把我抱住制止了我。

「要是跟橘同學在一起，桐島同學總有一天會壞掉的。」

你要更重視自己。

早坂同學這麼說著，緊緊抱著讓我動彈不得。

此時我注意到病床旁邊的桌子上放著手機，拿起來一看，發現橘同學打了好幾通電話過來，不過，凌晨一點之後就斷掉了。

我全身無力地倒在床上，覺得一切已經結束了。

腦中浮現橘同學提著旅行包，背對著我的身影。

隔天早上，手機收到了一則訊息。

『再見了。』

第36.5話　早坂茜（黑）

在桐島醒來的兩小時前。

早坂茜走出病房，來到了沒有人在的逃生樓梯。

會知道桐島昏倒，是因為酒井的聯絡。在街上偶然遇到桐島的酒井看見桐島走路的方式很奇怪，便擔心地跟著他。

早坂茜在聽見桐島被送到醫院之後衝了過去，趴在緊閉雙眼的桐島腿上大哭了起來。

哭了一陣子之後，她發現桐島掛在衣架上的外套口袋裡，手機正在震動著。

拿起來一看，發現是橘光里的來電，放著不管之後，過一會就切斷了。

仔細一看，上面有著好幾通未接來電。

這使她隱約明白發生了什麼事。

「是橘同學的錯。」

茜瞳孔裡的神色逐漸消失。

「是橘同學把桐島同學弄得一團糟，讓他變得神智不清。橘同學，妳不行了，桐島同學這不是昏倒了嗎，因為橘同學的錯而昏倒了嗎。」

「我得保護他才行。」茜這麼說著走出病房。

接著來到了逃生樓梯。

手上拿著自己的手機，上面顯示著橘光里的電話號碼。

茜眼神空洞地按下了撥出鈕，響了幾聲之後，光里用冷淡的聲音說著「幹嘛？」接了起來。雖然是凌晨一點，電話的另一端依然傳來了風聲。

「橘同學，妳在外面？」

「跟早坂同學無關。」

「桐島同學現在在洗澡喔。」

「…………」

「他很中意我的身體，說很柔軟，抱起來很舒服。」

「…………」

「中途開始就沒有戴了，被強硬地進來了喔。桐島同學說因為喜歡我，就算有了也沒關係，對我說了很多這種話。然後他在裡面射了很多喔，他說沒有對橘同學這麼做呢。」

「…………」

「等桐島同學洗好之後，要換他來聽嗎？」

電話另一端傳來了光里吸鼻子的聲音，最終變成了啜泣。

「……橘同學，妳明白吧？沒被桐島同學選上的人該怎麼做，妳還記得吧？我們約好了喔？」

電話到這裡就掛斷了，似乎是光里掛的。

接著茜暫時眼神空洞地眺望著遠方。

手機從她手上滑落，掉在地上。

茜雙手摀著臉，喃喃自語地說著。

「這是為了桐島同學嘛……不這麼做的話桐島同學會，桐島同學會……」

第37話 可憐的女孩子

「你知道什麼是敵意建築嗎？」

「這種時候的桐島真的很麻煩耶。」

「舉例來說，公園裡會有遊民和玩滑板的年輕人吧？」

午休時，我和牧在學生會室聊天。

自從沒能去跟橘同學會合的那天，經過了幾個星期。

「這種時候會在長椅加上藝術設計，或是廣場放置雕像之類的物件。看起來就像是用現代藝術來修飾外觀對吧？」

但說起這麼一來會發生什麼事，就是獨特設計的長椅無法讓人睡覺，到處都是物品的地方也無法玩滑板，他們就這麼被趕了出去。

「城市或地區的紀錄只會留下『設置藝術品』而已。居民們不會意識到自己趕走了某些人的事實，只顧著觀賞美麗的事物。」

「光是一句『真彆扭耶』根本不夠，可以別把現代社會真正會有的問題講給我聽嗎？」

「我並不是在談論這件事的好壞，只是在陳述事實罷了。」

不如說我很清楚不想看骯髒東西，只想欣賞美麗事物的心情。這非常人性。

「但是，我們應該對此抱有自覺。」

「關於戀愛也是。」

「沒錯，要知道將一切都美化的故事有多虛偽。」

性欲、嫉妒、獨占欲、妥協。

無視戀愛的這些方面，還總是擺出一副在談純潔戀愛的模樣，沉浸陶醉在其中，發現別人的戀情不道德時就像找到目標似的一味批評，我覺得這樣很奇怪。

所以我認真地思考了關於愛情的事，並以自己的方式誠實對待。

「但說到底我也跟他們一樣，追求表面上的光鮮亮麗，不想讓自己變成壞人。」

我在看到早坂同學和橘同學感情融洽後鬆了一口氣，覺得不會發生有人因為我的關係互相傷害的狀況。

兩人身穿女僕裝接吻的光景非常漂亮。因為當中不存在男人的性欲這種骯髒的事物，就像只留下美麗事物的，名為尊貴的色情。

「而現在情況恢復了平穩，我終於鬆了口氣。」

橘同學沒有搭上夜間列車獨自消失。

她在請了幾天假之後來到了學校，側臉看起來非常冷靜。

『橘光里選擇了我。』

柳學長傳來了這樣的訊息。

我不需要被告知這件事，這是因為我在高三生返校日時，看見柳學長和橘同學牽著手，橘同學已經不再嘔吐。

由於我沒有前往橘同學的身邊，初戀的魔法已經解開了。

人會一邊妥協一邊談戀愛，就算是橘同學也不例外。

前往社團教室的時候，隔壁的舊音樂教室傳來了柳學長和橘同學的聲音。似乎是柳學長說想聽橘同學彈鋼琴。

鋼琴彈完之後，濕潤的氣氛隔著牆壁傳了過來。

「喂，桐島你該不會……」

「嗯，把耳朵貼在牆壁上，覺得他們兩個正在處罰我。」

「真是扭曲得要命耶！」

大約一個小時，我都在聽橘同學和柳學長說話。

『我說，光里，我可以再握妳的手嗎？』

『……可以喔。』

『可以碰妳的肩膀嗎？』

『…………可以喔。』

要是我選擇了橘同學，她就依然會是只有我能觸碰的女孩。我一邊這麼想，一邊隔著牆壁持續感受著學長撫摸橘同學頭髮的氣氛。

「桐島，真虧你能保持理智呢。」

「因為我早就料到了。」

說起分手對象或無法回應好感的人會怎麼樣，大多數人會展開新的戀情。自己並不會一直留在對方心中。

「而且，我也希望這樣，這就是軟著陸。」

橘同學肯定被傷得很深，非常懊悔吧。畢竟比起平凡的日子，她應該更重視瞬間的情感才對。

不過，我覺得這樣就好。

好好地度過日常生活，展開新的戀情。這就是積極思考的結果。

跟早坂同學或橘同學其中之一完全被破壞的悲慘結局相比，這樣好太多了。

「我會變得成熟，好好帶著跟大家相同的戀愛觀活下去的。」

我這麼說著，將社團教室的鑰匙交給牧。

「這樣好嗎。」

「嗯。」

於是，推理研究社就此解散。

◇

日子過得非常順利。

跟牧或酒井說著無聊的對話，被濱波吐槽。

成為了戀人的早坂同學非常健全，感覺光是牽手擁抱就十分滿足，臉上一直掛著笑容。

「我會讓桐島同學幸福的。」

早坂同學說道。

那是補習班下課，繞路前往棒球打擊場時發生的事。早坂同學走進了球速最慢的區域，揮舞著球棒。

「我現在已經非常幸福了。」

「不，我會變成一個更好的女友，會努力讓桐島同學覺得能和我交往太好了。」

「比起這個，總覺得早坂同學妳很熟練耶？」

雖然姿勢歪七扭八，但球棒穩定地打中了球。

「嗯，在累積太多壓力的時候我很常來。」

「啊，這樣嗎……」

「沒、沒問題的！我不會想像著桐島同學的臉揮出球棒啦！」

滑雪遊學也作為青春的一頁漂亮地畫下了句點。

早坂同學跟我挑了滑雪板一起滑著。她很快就絆倒，手忙腳亂地說著：「扶我起來～」

橘同學待在女生團體裡，看起來開心地滑著雪，她已經不是個孤獨的女孩子了。

每當看著橘同學，眼前總會浮現她露出哀傷表情，一直在櫻花樹下等待著的身影。不過那只是我的願望，事情已經過去，是任誰都會有的初戀殘影。

已經不需要繼續被束縛了。

光是能和第二喜歡的對象交往就非常幸運，更重要的是早坂同學是個最可愛的女朋友。

當然，暴風雨時的痕跡依然存在。

事情發生在某次我想跟早坂同學做那檔事的時候。那天我被邀請去早坂家過夜，早坂同學一如往常地半夜鑽進了我的棉被裡。

我們已經沒有不做的理由了。

我觸摸早坂同學柔軟的身體抱住了她。用美味來表現女人的身體很沒品味，我並不喜歡，但早坂同學的身體就是那樣。

總而言之非常柔軟又容易濕潤，肌膚像是會吸附上來一樣，非常煽情。

就在我趁著興奮，打算開始做的時候。

「對不起喔，桐島同學，對不起。」

早坂同學緊抱著我開始道歉，我並不清楚她究竟是為了什麼道歉。

「拜託你，不要離開我。」

她伸手摟住我的背，腳夾了上來，拚命地抱著我。

身體害怕地發著抖。

那天晚上，我一直撫摸早坂同學的背，撫摸著她的頭。

雖然有這樣的問題，但我認為時間會解決一切。

變遷的季節會將一切都化為回憶。

三年級的畢業典禮上，我打從心底祝福著畢業生啟程和在校生一起合唱。牧宣讀祝賀詞，校長先生頒發了畢業證書。

畢業典禮結束後，我幫忙學生會的收拾善後，拆下布幕、搬走長椅。

畢業生們依依不捨地在學校到處拍照，其中還有人哭了出來。

當我打算將放在校門的看板拿到倉庫時，撞見了柳學長在校舍後面抱著橘同學的光景。

兩人徹底成了情侶。

橘同學的側臉已經不是我認識的女孩了。

「小光，在這裡等一下，我去拿書包。」

「知道了。」

柳學長朝著我的反方向離開了。

目送著他的背影離開後，橘同學轉頭看了過來。

我們瞬間對上了眼，不過也只是這樣，我們朝著不同的方向邁開步伐。事情本該如此，也應該那麼做，不過——

「桐島，挺能幹的嘛。居然幫忙收拾善後。」

是擔任學務主任的老師。

「已經沒事了嗎？聽說你在上野站昏倒時我很擔心喔。」

老師拍著我的肩膀離開了。

我害怕回頭看。要是知道那天我打算去找她，橘同學會是什麼心情呢？但是，我毫無疑問沒能前往那裡，事情也已經過去了。

橘同學一臉茫然地看著我。

看著我一會之後，她逐漸皺起眉頭，表情變得凶惡。原以為會這樣，但她卻露出不解的表情開始咬起自己的拇指指甲，看來似乎相當混亂。

就在這個時候。

「桐島同學～回家吧～」

正在找我的早坂同學語氣純真地走了過來。

下個瞬間，橘同學的表情冰冷到令人害怕。

她用彷彿能刺穿人的眼神瞪著早坂同學說道：

「我不會原諒妳，一輩子都不會原諒妳的。」

◇

這種緊張感就像一根細線被人拉住，隨時會被扯斷一樣。

橘同學的表情充滿怨恨。

早坂同學並未因此退縮，反而散發出同樣尖銳的情感。

「啊～啊，妳已經發現了啊。」

她那天真無邪的感覺消失，眼神逐漸變得空洞。

「不必對桐島同學說也沒關係。」

「那是什麼。」

「這是我們之間的問題吧？」

「令人不快。」

橘同學表情變得更加冰冷。

「居然做出騙人這種齷齪的事。」

「先做出骯髒事的是橘同學吧。不僅偷跑、打破分手的約定，還擺出一副女朋友的樣子，我明明一直在忍耐的說。」

早坂同學語氣激動地說完，隨即恢復冷靜說著。

「已經可以了，就這樣維持下去吧。橘同學跟柳學長感覺挺好的不是嗎？」

「妳以為是誰的錯啊？」

橘同學激動了起來，表情陰沉地朝早坂同學走去，她是會動手的那種人，於是我擋在兩人中間。

「為什麼要袒護那種女人？」

橘同學露出不甘心的表情說著。

「司郎好過分喔。上野站的事情也是，明明要是好好說出來的話事情就不會變成這樣了……你為什麼不說呢！」

實際上，橘同學將我的聯絡方式全部加入了黑名單。在學校見面時她已經和柳學長牽起了手。

當然，我也想過要跟她說明一切。

但那麼做只是讓我們人際關係變回複雜，必須為了做出抉擇而再次傷害某個人。所以我沒有解開誤會，而是趁著橘同學選擇柳學長的時候選擇了軟著陸。這麼一來我們就能談普通的戀愛，將至今發生的事當成十七歲的一時衝動。但是——

「不是喔。」

橘同學說著。

「我會跟柳成為真正的男女朋友，是因為跟早坂同學做了約定。沒被選上的一方必須好好跟柳成為一對。」

「妳們做了這種約定嗎？」

早坂同學從背後窺探著我的表情說道：

「因為，被甩掉的女孩子一旦受傷變得不幸，桐島同學就會放不下那個女孩子對吧？如果有受傷的女孩子在，你就會選擇那邊吧？」

學長過去的確是早坂同學的第一順位，橘同學在年底時也把他當成備胎。但這並不是她們兩個約定的理由。

她們會做出這種約定的想法很單純。

就是如果沒被選上，那一切都無所謂了。

這一瞬間的戀愛，承載著她們所有的情感。

「早坂同學就是利用了這一點。她是個壞女人。這種女人配不上司郎你。」

「橘同學才配不上呢！」

早坂同學開口反擊。

「立刻就會動手的女孩子才不好呢！總有一天會把桐島同學毀掉的！妳打算跟桐島同學私奔對吧？那種事簡直亂七八糟！」

接下來兩人展開了針鋒相對的爭執。

兩人變得愈來愈激動，說的話也愈來愈尖銳，然後——

「早坂同學只不過是備胎。」

橘同學說了出來。

「我跟司郎是彼此的第一順位、也是初戀、還是彼此的第一次，所以妳趕快滾吧！」

「這個……」

早坂同學畏縮了。

「在電話裡說的事情，全都是騙人的吧？你們還沒做過對吧？那麼妳既不是女友也什麼都不是。真可憐呢，明明一直想做呢。」

「才不是呢……只是桐島同學很重視我……」

早坂同學徹底遭到擊垮，開始依賴自己編造出來的理由。

「橘同學只是被拿來用了而已……趕快放棄吧……柳學長的第一順位也是妳，所以跟他在一起也可以嘛……反正妳跟他也已經做過……也被他用過了對吧……那就把桐島同學讓給我嘛……」

早坂同學搖搖晃晃的，一副快哭出來的模樣。

作為備胎的自卑感，早坂同學是最清楚的。雖然最近她會刻意無視這點，但內心深處其實非常清楚。畢竟這就是我們關係的原點。

被駁倒的人是早坂同學。

但是橘同學已經徹底發火了。

「好啊，既然妳這麼說，那我就來證明錯的人是早坂同學。」

橘同學將手伸向外套的鈕釦。

「就讓妳見識我跟司郎相愛的情景吧。」

◇

情況變得非常不得了。

我們在屋外體育倉庫的墊子上。

橘同學罩著一件解開所有鈕釦的襯衫，全身只剩下內衣，在我身體底下害羞地扭動著身子。

而早坂同學身上同樣只剩下襯衫和內衣，用鴨子坐姿坐在不遠的地方。

「就讓妳見識一下。」

「可以啊，讓我看吧。」

原本雙方你一言我一語地在體育倉庫裡爭論著。但是，就算她們這麼說，我也不可能立刻就有興致。不過，當我感到退縮時，兩人突然抱住了彼此。

「一旦我們吵架，司郎就什麼都做不了呢，因為弱小。」

「是啊。因為桐島同學是個人渣，必須先做壞事給他看才行呢。」

她們互相脫著衣服，等到只剩下襯衫和內衣後，兩人跪在地上一邊接吻，一邊觸碰著彼此的胸部和那裡。

體育倉庫裡的濕度逐漸升高。

兩人互相撫摸了約十五分鐘，不斷小聲地發出呻吟。白皙的肌膚逐漸變得紅潤、滲出汗水，唾液在兩人的嘴邊拉出絲線。

小窗戶射進來的陽光，將灰塵照得閃閃發光。

形成了美麗又頹廢的世界。接著橘同學抱住我躺了下來，早坂同學用鴨子坐姿坐在地上，狀況就此完成。

「快點做嘛。」

橘同學說著。她的想法很簡單，她打算藉由做給早坂同學看，讓早坂同學的內心徹底放棄。

「讓我看吧。」

這麼說著的早坂同學大概什麼都沒在想，被狀況牽著鼻子走罷了。畢竟看了只是會受傷而已。

這是沒辦法找任何藉口，最直接的硬著陸舞台。如果我在這裡和橘同學做了，早坂同學將會受到前所未有的傷害，而要是拒絕橘同學跟早坂同學做，橘同學就再也不會回頭了吧。

「不做真的好嗎？」

橘同學開口說道。

「要是現在司郎不肯跟我做，我真的會成為其他人的東西喔？」

回過神來，我已經壓在橘同學身上吻了她。橘同學的情緒一口氣亢奮了起來。

「吶，司郎，說實話吧。你討厭我跟柳在一起嗎？」

「討厭。」

「我注意到了喔。因為司郎在我被柳抱住的時候，露出了很恐怖的眼神呢。被你嫉妒，我很有快感。」

「把你的心情全部表現，發洩出來吧。」橘同學這麼說著。

「剛剛被抱住的時候——」

「柳用了很大的力量喔。因為他很清楚，自己只是被用消去法選上的。所以他很想把我據為己有，拚命地渴求著。」

「被摸了哪些地方？」

「很多地方喔。」

「這裡也是？」

「啊……那個地方……還沒……不過，再這樣下去就會被摸的。」

我用盡全力緊抱住橘同學，我喜歡她纖細的身體。每當被我觸摸，橘同學就會發出呻吟，可愛地顫抖著用身體表露出她的喜悅。我想讓她顫抖得更厲害並將手伸進她的內褲動著手指，橘同學挺起了腰，她那白皙的腹部和大腿非常色情。

「嗯……啊……柳春假會跟我一起去旅行。」

其中當然也包含了要做這種行為吧。

「柳要我……嗯……把跟司郎做過的事……全部告訴他。」

水聲響起，橘同學滑嫩的身體逐漸變得嫵媚，手指好熱。一旦我將手指稍微伸進去，她就會發出高亢的聲音，動作性感地抱著我的身體。

橘同學似乎將我做過的事全部告訴了柳學長。

「我想他打算做相同，不對、應該是更進一步的事情。再這樣下去，我會被柳當成小狗，被他做各式各樣的事喔。」

我想像著橘同學被柳學長戴上項圈拍打的光景，可以這麼做的人只有我。

「我可以不用去旅行，只當司郎的狗了吧？」

我緊抱著橘同學當作回答。我一直都想這麼做，因為我太過用力應該很痛才對，但橘同學卻懇求著「還要」。

早坂同學一直用茫然的眼神看著我們。

我玩弄起橘同學激烈反應的身體，她那高高仰起的身體，挺起的腰，因為濕潤改變顏色的內褲，這一切都讓我喜愛。

「司郎……」

橘同學在墊子上轉過身子，大腿一邊不停地扭動，一邊用幾乎聽不見的聲音說道。

「多疼愛我一點嘛……」

露出一副已經忍不住的表情。

「如果討厭我被柳觸碰的話……也可以懲罰我喔。」

橘同學害羞似的抱著膝蓋縮起身子。

但是發現我什麼都不做之後——

「司郎壞心眼……」

她這麼說著，主動張開自己白皙修長的雙腿，用手指移開自己濕潤的內褲，能夠窺見她桃紅色的那個地方。

一個平時冷漠，但卻是戀愛新手的女孩子即使身體發熱覺得害羞，卻依然主動張開雙腳懇求著。

我將手伸向皮帶的扣環。

結果，雖然我一臉得意地說希望她能夠找到新的戀情獲得幸福，但內心深處卻還是希望她一直喜歡著我，不想把她交給任何人。

換句話說，我絕對不願意把橘同學讓給柳學長。

其實我很想跟橘同學一直做個不停。想要彼此相愛，融化在一起。想反覆度過京都那個愉快的夜晚，讓她在浴室哭著失禁，摸頭安撫她一同入睡，想跟她一直一直在一起。

但是我也在早坂同學身上感受到相同的魅力，所以才不斷逃避做出選擇，最後變得一團混亂。

我只是個渴望愛情的傻瓜，想沉浸在兩人的愛裡，所以其實兩人我都不想放手，也想讓兩人拚命撒嬌，灌注愛情把兩人寵壞，徜徉在那宛如泥沼般的舒適圈裡。

我用自己的那個抵住了橘同學，並沒有做準備，而是直接抵著。被前端碰到之後，橘同學用充滿期待的濕潤眼神看著我。

「不、不行啦……桐島同學……果然、不可以……」

轉頭一看，早坂同學露出了一副泫然欲泣的表情。

「拜託你，住手……」

對不起喔，早坂同學。

我已經決定了。

要跟橘同學好好地親熱，像個笨蛋一樣傷害早坂同學。

並非是只能這麼做，而是我想這麼做。

我逐漸進入橘同學的體內。裡面很狹窄，有種被推回來的壓力。但由於她已經濕到能在床墊上形成水漬，只要一推，就能逐漸深入。

橘同學的裡面熱騰騰的。

我感覺自己真的被愛著，被緊緊地包覆著，能感受到她的喜悅。

「好厲害……能夠直接感覺到司郎。」

橘同學陶醉地摸著自己的下腹部。

「過來這裡……」

我壓在橘同學身上，她伸手抱住了我的頭和背部，雙腳夾住了我的身體。

「我動不了了。」

「我喜歡你，司郎。啊……司郎。」

我沒有動的必要。

這是因為橘同學本能性地在下方挺起腰，左右搖晃著開始發出了呻吟。我只要撫摸著她的頭髮就行了。

但是我想讓橘同學變得更加失控，想進一步地欺負她。於是我撐起身體，抓住橘同學的大腿，自己動了起來。

快感非常強烈，每次進出都會伴隨著水聲，橘同學也會接著發出甜膩的聲音。

橘同學的身體十分纖細，我展開她的身體，直到進入最深處。感覺就像是貫穿了橘同學整個人一樣。而每當我這麼做，她都會發出甜膩的叫聲。

呻吟聲和水聲隨著一定的節奏響起。

我催促橘同學看向那裡。

「不、不要！」

她滿臉通紅地摀著臉。

我的那裡被橘同學的液體沾得溼答答的，上面因為不停抽動和攪動冒出了白色的泡沫。

或許是想加以掩飾，橘同學自己挺腰主動迎接了我的那個，就在這個瞬間。

「啊，不要！」

或許是碰到了舒服的位置，橘同學的腰緩緩地動了起來。

「不是的，這裡、擅自、討厭、司郎，不要看！」

橘同學自己不斷動著腰，一邊不停地說著「好害羞。」但她沒有停下腰的動作，最後身體大大仰起，發出類似慘叫的呻吟聲將腰用力抵了上來，最後失去力氣。

橘同學已經失去理智，所以她一邊不停喘著氣，一邊將藏在內心深處的願望說了出來。

「想要用像狗一樣的姿勢……讓你欺負我……」

我並不是敵意建築。

不會把真正存在的東西趕走裝作沒看到，創造漂亮的人工故事，認為那很美麗並無自覺地沉浸其中。

我們都有欲望和要求，我不會無視它們，或把它們當作不存在。

所以我讓橘同學四肢趴在地上，從後面跟她做。

拱起的背部非常迷人。

「汪……汪……」

橘同學開始小聲地發出叫聲。

「想變成狗嗎？」

聽我這麼說，橘同學回應著：「因為——」

「我想被司郎疼愛、飼養，想當你的寵物。」

「不過，我是隻壞狗狗喔。」橘同學挑釁似的說著。

「在室內游泳池的時候，我知道司郎在想什麼。」

練習蛙式的時候，橘同學被柳學長抓住雙腳不斷張開。她穿著布料很少的泳裝，讓柳學長見到她的那個模樣。

「可以……懲罰我喔……」

我一邊衝撞著橘同學，一邊拍打她。

「汪！」

狗光里甜膩地叫了一聲，我又打了一下。

「汪！」

狗光里的那裡不斷滲出液體，再次沾濕了墊子。

就在我這麼做的時候——

「啊，司郎、等一下、這樣、好像、不行……」

橘同學的腰再次顫抖了起來。

我繼續從後面做著，她的「不行」跟「再來」是同樣的意思。

「不行啦，真的不行。再這樣下去，我會死掉的……」

就在這個時候。

體育倉庫外傳來了聲音。

「小光～妳在哪～？小光～」

柳學長回來了，他似乎依然相信橘同學是自己的女朋友。

我知道橘同學連忙壓低了聲音。

所以我依照橘同學所期望的，對她更加粗暴。

「啊……不行啦……這樣子……這個、好厲害……厲害的、要來了……」

橘同學雖然想壓抑聲音，但當我從背後抓住她的雙手，讓她仰起身子做之後，或許是快感占了上風，她開始發出高亢的呻吟。

柳學長呼喚橘同學的聲音中斷，明顯是啞口無言了。

橘同學則是一副不知道發生什麼事的模樣。

然後——

「司郎，我喜歡你，司郎、司郎！」

她連續大叫我的名字，大聲呻吟著，接著像是痙攣般身體不斷抽搐，隨後倒在墊子上。

只剩下我和橘同學的呼吸聲。

已經聽不見柳學長的聲音了。

橘同學像是虛脫般地開了口。

「……我變成只屬於司郎的女孩子了。」

所以。

「最後抱著……一邊接吻一邊做吧……」

這個時候的橘同學就像個純情的少女。

這次換我張開橘同學的雙腳。她已經徹底做好準備，光是插進去，她那白魚般的身體就會不停顫抖著。

她那看著我的渴望眼神，半開著的嘴巴，我和橘同學的唾液混合在一起從她的嘴角流了下來。

包含那些不該做的事，我想跟橘同學全部做一遍，直到最後。

「快住手吧。」

早坂同學跪在地上，從旁邊抱住了我。

從剛剛開始早坂同學就一直在哭。不光只是流眼淚，而是發出嗚咽，流著鼻水，像小孩子一樣哭花了臉。

「已經夠了吧，好過分喔，為什麼要做這種事呢，太過分了。」

「繼續下去是不行的。」早坂同學說著。

「差不多要停了吧？桐島同學還是老樣子吧，還是總會在最後關頭溫柔對待我吧？」

我吻住了早坂同學。

「哇啊……果然沒錯……」

她穿著粉紅色的內衣，我解開她背後的扣環撫摸她的胸部，另一隻手觸摸著她的那裡。

「我腦袋又要一片空白了啦。嘿嘿，我喜歡這樣。」

早坂同學瞬間變得軟綿綿的，從那裡流出的液體像是失禁般沾濕了大腿。

「跟我做嘛，我絕對會讓桐島同學覺得舒服的。」

早坂同學吸住我的舌頭，引導進她的嘴裡。口水不斷從嘴角滴落，舔拭著我的舌頭。

「做吧，來做嘛。」早坂同學說道。

「不、不行，只有我，只能跟我做！」

這次輪到橘同學一副泫然欲泣的樣子將腰頂了上來。

真是棒極了。

可以一邊侵犯最喜歡的美麗女孩，一邊跟可愛的備胎女孩接吻。

這就是我，桐島司郎的惡德。

接著我順從自己的惡德做出了選擇。

「咦？為什麼？為什麼？」

早坂同學發出了困惑的聲音。這是因為我將她自己的手移到她的胸前，並且鬆開了她。

「我、我不要這樣！桐島同學，這是騙人的吧？不要、不可以，不要！」

當我轉身面對橘同學的時候，早坂同學哭得更厲害了。

多麼可憐的女孩子啊。

明明喜歡貼在一起，一直想要做那件事，現在還只穿著內衣，但卻只能悲慘地哭著觀看最喜歡的人和其他女孩子做愛。

而且，自己已經什麼都做不了了。

要結束這個只能傷害其中一方，而我選擇了傷害早坂同學。

我一邊聽著早坂同學的哭聲，一邊深深地進入橘同學的裡面。

橘同學明白了我的意思，用全身表達著喜悅。

「怎麼做都可以，我無論被怎麼對待都很開心，全部都做吧，直到最後。」

接下來橘同學表現得非常厲害。她會渴望我的唾液，舔拭我脖子上的汗水，短時間內不斷高潮，嘴上不斷說著「喜歡你、要變得奇怪了、我愛你、再來、還要。」

「司郎，不行，真的不行了。」

橘同學或許是承受不了這強烈的快感，開始用指甲抓住我的肌膚，感覺很舒服。

「一起、一起就好，拜託你。」

橘同學的身體仰起，緊緊地纏住了我。

於是我在橘同學的裡面釋放了出來。

◇

我渾身無力。

橘同學抱著我，撫摸著我的頭，憐愛地舔著我的汗水。

早坂同學則是露出茫然的表情凝視著遠方。

「……果然沒有愛啊……換作是我一定會被更加重視地做的……那只是被拿來用了而已……」

橘同學已經不必回嘴了。

她只是從我下方脫身，將大腿內側展示給她看。上面流出了我和橘同學混在一起的液體。

早坂同學一把抓住橘同學。

兩人在墊子上打滾，早坂同學騎在上面。

我打算上前阻止，但橘同學說著「不用」制止了我。

早坂同學不斷毆打著橘同學。

「打夠了嗎？」

當她停手的時候，橘同學開口說著。

「我想快點和司郎獨處。」

早坂同學頹喪地垂下雙肩。

我想這下所有事情都會結束，不會再發生其他狀況才對。

可是——

「這樣太奇怪了。」

早坂同學說著。

「因為，橘同學是個壞女孩，是個會讓桐島同學毀滅的女孩子嘛。」

「不會的，因為我明白司郎的心情，我會完成他的一切要求。」

「我已經沒話要跟早坂同學說了。」橘同學說道。

「滿意的話就離開吧，妳應該知道現在的情況吧？」

「我知道喔，比橘同學了解的更清楚。所以才覺得這樣很奇怪。」

早坂同學瞥了我一眼，接著開口。

「對不起桐島同學，我不能遵守約定了。」

住口，我這麼想著。但是早坂同學沒有停手。

「橘同學喜歡桐島同學嗎？」

「那是當然的。」

「不會傷害桐島同學？」

「怎麼可能那麼做。我會對喜歡的人付出一切。」

「說得也是，橘同學是這麼打算的呢。想讓自己變成那樣呢。不過，要是傷害了他怎麼辦？會無法原諒自己嗎？」

「是啊，但是我絕對不會做那種事的。」

「妳已經做了喔。橘同學，還記得桐島同學在東京車站跌下樓梯的事嗎？」

「咦？那件事……」

「妳不記得吧。畢竟妳會把不順心的事從記憶中消除嘛，橘同學，已經壞掉了嘛。」

「那是橘同學推的喔，從樓梯上。」

◇

那天，我為了制止橘同學和早坂同學爭執介入兩人中間，見到我像是在袒護早坂同學的模樣，橘同學十分激動。明明我跟你都是第一次，已經做過的說。接著用雙手把我推了下去。

這就是我沒有告訴濱波的真相。

也是橘同學的母親，玲女士付醫藥費的理由。

國見小姐說，不要告訴那個壞掉的女孩子真相比較好。

那個壞掉的女孩子，是橘同學。

◇

「我原本不想說的，畢竟跟桐島同學約好了，是橘同學會從記憶中消除的事情嘛。」

「可是啊。」早坂同學說著。

「這是不對的，因為桐島同學完全沒做出選擇嘛。只是因為橘同學是個可憐、壞掉的女孩子，桐島同學才會前往橘同學身邊而已。」

這下換橘同學愣在原地。

「桐島同學無法去跟橘同學會合，也是因為那次受傷的關係。」

早坂同學應該不想說這種話吧，但還是哭著說了出來。

「桐島同學打算隱瞞這一切待在橘同學身邊。因為妳壞掉了，他很擔心妳！橘同學絲毫沒有替桐島同學考慮過，因為他又被送去醫院了喔，全部都是橘同學的錯！」

說完之後，早坂同學摀著臉靜靜地哭泣著。

橘同學的視線在空中徘徊了一會之後——

她抱著頭發出了長長的慘叫。

◇

我當備胎女友就好。

這麼說著豎起兩根手指的早坂同學。

是個喜歡牽手和擁抱，總會立刻貼上來的女孩子。

無論是大口吃點心的模樣，還是看午夜場電影睡著的時候，我都非常喜歡。

我想見到早坂同學的笑容。

但是現在，早坂同學深深地受了傷，摀著臉哭泣著。

總是露出冷漠表情，其實是個戀愛新手的橘同學。

我喜歡隔著牆壁聽她彈鋼琴。

她憧憬著小小的幸福，跟我的母親和妹妹相處得很融洽。

除夕我們一起鑽進被爐時，感覺橘同學真的嫁過來了。

我想看著她害羞的模樣。

但是現在，橘同學正抱著頭發出慘叫。

我只是想正大光明地對各自的心情與性格、欲望表示認同而已。即使那是會被社會否定的東西，我依然想說那是有價值的。

不清純的早坂同學。

毫不在乎常識的橘同學。

我想接受這樣的她們，予以肯定。

我也可以將世間的價值觀強加在自己以及她們身上。但是，我不想輕視她們現在心中的感情。

本來每個人表達愛情的方式就各有不同，相同的形式是不存在的。更不可能跟那些常見故事裡的情節一樣。

所以我一直尋找著只屬於我們的戀愛形式。

我以為這樣就能變得幸福。

但是，這又是怎麼回事。

我的確是個差勁透頂的男人。不過，我是真心期望著她們兩個能夠幸福。

為什麼事情會變成這樣呢？

早坂同學的哭泣聲和橘同學的慘叫在我耳邊迴盪著。

我想向她們道歉。想抱著她們，撫摸著她們的頭說：「沒事的，一切都是我的錯。」

但是，這必須同時進行，而我的手只有一雙。

我已經沒有任何能做的事了。

一切都毀了。

我這麼思索著。

◇

四月，到班上之前我先來到了公布欄前。

這是因為要分班了。

無論怎麼找，都找不到兩人的名字。

因為早坂同學轉學，而橘同學輟學了。

尾聲

幾年以後——

在某所大學的校園內，有幾名學生正交談著。

「啊，是桐島同學。」

「誰啊？」

「就是在那邊走路的那個人。」

「我認識他，是個幾乎不去上課的差勁大學生呢。」

「要是找他去喝酒，他似乎會唱rap來炒熱氣氛喔。」

「他是宴會成員嗎？」

「還有麻將缺人他一定會到場喔。」

「真能幹耶～」

「而且好像幾乎都會輸。」

「凱子嗎。」

「因為他是個超安全人物，大家都說他很好相處。就算跟女孩子兩人獨處，他也絕對不會出手，反而還會逃走。」

「他有女朋友嗎？」

「好像從入學以來就一直沒有吧。感覺就像對戀愛有排斥反應。啊，不過最近好像聽說他交到女朋友了喔。」

「我知道這件事喔。」

「真的嗎？」

「我跟桐島同學同班嘛，是從他本人那裡得知的。」

「對象是誰？怎樣的人？叫什麼名字？哪個系的？」

「名字叫什麼啊……橘、橘……啊，對了，我想起來了。」

「橘美由紀，據說是個高中生。」

第五集待續

後記

各位讀者大家好，我是作者西条陽。

非常感謝各位看到第四集。後記也寫了四次呢。繼第三集之後，第四集的後記也拿到了四頁的分量。

而為什麼後記的分量會有所變化，我雖然不太了解，但好像是因為印刷的關係，因為頁數有時會出現多餘的部分，所以要用後面的廣告或後記來進行調整，讓書不會出現空白的樣子。

因此第三集和第四集都必須寫出四頁的內容才行。

咦？你說我把前言寫得很長來混字數嗎？

怎麼可能，小說家就像文章的說書人，我當然會闡述給各位讀者聽，一定會的。

我想想，這次的後記就來講述關於太過細節，以至於沒能傳達出去的部分吧。

《備胎女友》節錄了許多的文學作品。

舉些比較明顯的例子，就是第一集的耳邊推理了。我使用了橫溝正史老師和舞城王太郎老師的書來製作遊戲。其他像是在第二集文化祭舞台上用了村上春樹老師的《挪威的森林》；第三集在卡拉ＯＫ的尾聲節錄宮澤賢治老師的《春與修羅》，大概是這些吧。

不過，我認為仍有些過於旁枝末節的內容是讀者沒有發現的。

當然這只是作者的選擇，就算讀者沒發現也無所謂，但機會難得，我就稍微介紹一下吧。

我非常喜歡谷川俊太郎老師的一首名叫《活著》的詩，引用其中的一小段——

「活在世上
現在活在世上這件事
就是迷你裙
是星象儀
是約翰．史特勞斯
是畢卡索
是阿爾卑斯」

有這麼一段內容，我在構文上進行了參考。

就是在第三集，〈回到那時候的未來〉篇桐島幫橘修整指甲的橋段。

因為感受到手指的美麗而醒悟的桐島說出了：「修整指甲乃是通往天堂的大門，是文藝復興、是福音——」這樣的話。

不要參考那個場景啊！感覺能聽見濱波這麼吐槽呢。

不管怎麼說，谷川老師的詩真的十分出色，如果讀者也對此有興趣的話，請務必去確認一下。

歌手不可思議/wonderboy老師用這首詩當原型出過一首名叫《活著》的歌曲，也非常令人感動，推薦給各位。

就像這樣，《備胎女友》中有許多作者的好玩細節，如果各位能夠發現，並因此覺得「真敢玩耶」稍微會心一笑的話，將是我的榮幸。

當然，基本上就算沒發現也無所謂。因為是在跟故事主線無關的地方進行的，讓各位讀者沉浸在桐島他們的故事裡是作者我真心的願望。

如果有必要，就算各位之後忘了這段內容也可以。

那麼，後記也寫得差不多了，來收尾吧。

雖然高中生篇在第四集完結了——但接下來會怎麼發展呢？

大學生篇可能會變成一部非常爽朗的青春小說，又或許是變成搞笑的愛情喜劇。畢竟時間段有很大的落差，這段期間究竟發生了什麼，只有他們本人才會知道。

無論如何，我打算一邊聆聽桐島他們的聲音一邊進行寫作。當然，其中也包含小美由紀，以及在新建立的人際關係中登場的角色。

對各位讀者來說，只要放鬆心情觀看就好了。

因為故事將在新的背景跟時間軸展開，人際關係的緊張感應該會被重置，若是各位能輕鬆地等待第五集，將是我的榮幸。

那麼接下來是謝詞！

我要向責任編輯、電擊文庫的各位、校對、美術設計、以及與本書相關的所有人士致上感謝。

Re岳老師又在本人執筆第四集的時候提供了特別的幫助。雖然直接向本人致上感謝，但還是想將老師提供許多靈感，幫了大忙的事情記錄下來。《備胎女友》是以團隊方式創作的！

另外，也要向各位書店店員致上感謝！本人見到了許多書店都將這部作品的所有集數放在了很棒的位置！實在非常感謝！

最後，我要向各位讀者致上深深的感謝！因為大家的支持，本系列才得以繼續下去，還看見了本書通往戀愛的《九相詩繪卷》的道路！

到了這裡，要是各位能一直看到最後，將是我的榮幸。

寫《備胎女友》這件事，就是古典，是雲霄飛車，是加德滿都，是讓閱讀的人開心、愉快、享受的事。

那麼第五集再會！

不時輕聲地以俄語遮羞的鄰座艾莉同學 1~5 待續

Kadokawa Fantastic Novels

作者：燦燦SUN　插畫：ももこ

政近得知瑪利亞是初戀對象，兩人再續前緣!?
艾莉主動接近班上男生令政近心亂如麻！

「……是我喔，阿薩。」得知瑪利亞就是初戀對象的政近，至今對她懷抱的情感在內心迴盪。此外，暑假過後的第二學期，政近努力輔助艾莉，然而艾莉主動接近班上同學的模樣令他心亂如麻。「難道說……你吃醋了？」驚濤駭浪的校慶篇開幕！

各 **NT$200~260/HK$67~87**

轉學後班上的清純可愛美少女，竟是小時候玩在一起的哥兒們 1~6 待續

作者：雲雀湯　插畫：シソ

春希封閉在心底的感情開始逐漸釋放。
青春戀愛喜劇，秋日祭典篇！

沙紀想在隼人面前展現可愛的一面，而春希依舊用搭檔的態度對待隼人。某天，眾人發現一輝的姊姊就是當紅模特兒MOMO。一輝想與隼人他們保持距離，而姬子以毫無矯飾的話語挽留了他。秋日祭典當晚，一座天秤開始搖擺，使得其他天秤也不得不跟著改變

各 **NT$220~270/HK$73~90**

三角的距離無限趨近零 1~8 待續

Kadokawa Fantastic Novels

作者：岬鷺宮　插畫：Hiten

我愛上的那個女孩體內住著兩個靈魂——
與雙重人格少女譜出的三角戀愛故事。

雙重人格即將結束，意味著「秋玻」與「春珂」其中一方會消失。我和快要喪失界限的兩人一起踏上旅程，前去找尋讓她變成這樣的原因。在旅程的終點，我們得知雙重人格的真相是——還有，我們找到的「答案」究竟是——三角關係戀愛故事堂堂完結。

各 **NT$200~220/HK$67~73**

我和班上第二可愛的女生成為朋友 1~2 待續

Kadokawa Fantastic Novels

作者：たかた　插畫：日向あずり

第六屆カクヨム網路小說大賽特別賞第二集。
「朋友以上，戀人未滿」的真樹與海迎接聖誕節！

終於交到朋友的前原真樹想要好好告白，藉此和「班上第二可愛」的朝凪海成為男女朋友。然而接連到來的考試、聖誕派對的幕後工作，以及離婚的雙親──兩人雖然忙碌，還是迎來第一次的假日約會。低調男與第二女主角縮短距離的第二集！

各 **NT$260~270/HK$87~90**

國家圖書館出版品預行編目資料

我當備胎女友也沒關係。/ 西条陽作 ; 九十九夜譯
. -- 初版. -- 臺北市 : 臺灣角川股份有限公司,
2023.12-
冊 ; 公分. -- (Kadokawa fantastic novels)
譯自 : わたし、二番目の彼女でいいから。
ISBN 978-626-378-282-2(第4冊 : 平裝)

861.57 112017351

Kadokawa
Fantastic
Novels

我當備胎女友也沒關係。 4

（原著名：わたし、二番目の彼女でいいから。4）

2023年12月6日 初版第1刷發行

作　者：西条陽
插　畫：Re岳
譯　者：九十九夜
發行人：岩崎剛人
總編輯：蔡佩芬
編　輯：黎夢萍
美術設計：莊捷寧
印　務：李明修（主任）、張加恩（主任）、張凱棋
發行所：台灣角川股份有限公司
地　址：104台北市中山區松江路223號3樓
電　話：（02）2515-3000
傳　真：（02）2515-0033
網　址：www.kadokawa.com.tw
劃撥帳戶：台灣角川股份有限公司
劃撥帳號：19487412
法律顧問：有澤法律事務所
製　版：巨茂科技印刷有限公司
ISBN：978-626-378-282-2

WATASHI, NIBAMME NO KANOJO DE IIKARA. Vol.4

Edited by 電撃文庫
First published in Japan in 2022 by KADOKAWA CORPORATION, Tokyo.
Complex Chinese translation rights arranged with KADOKAWA CORPORATION, Tokyo.